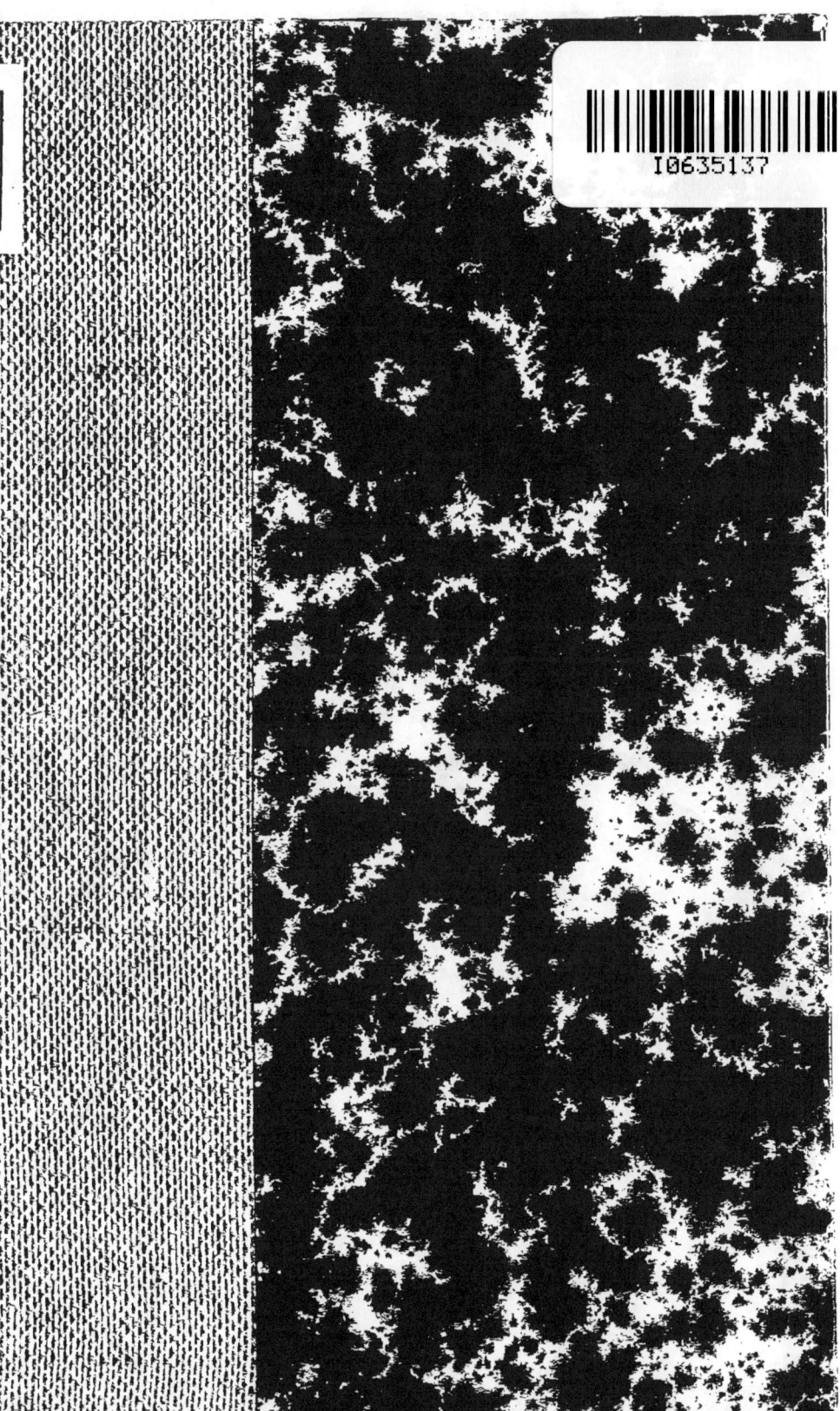

RE

I0635137

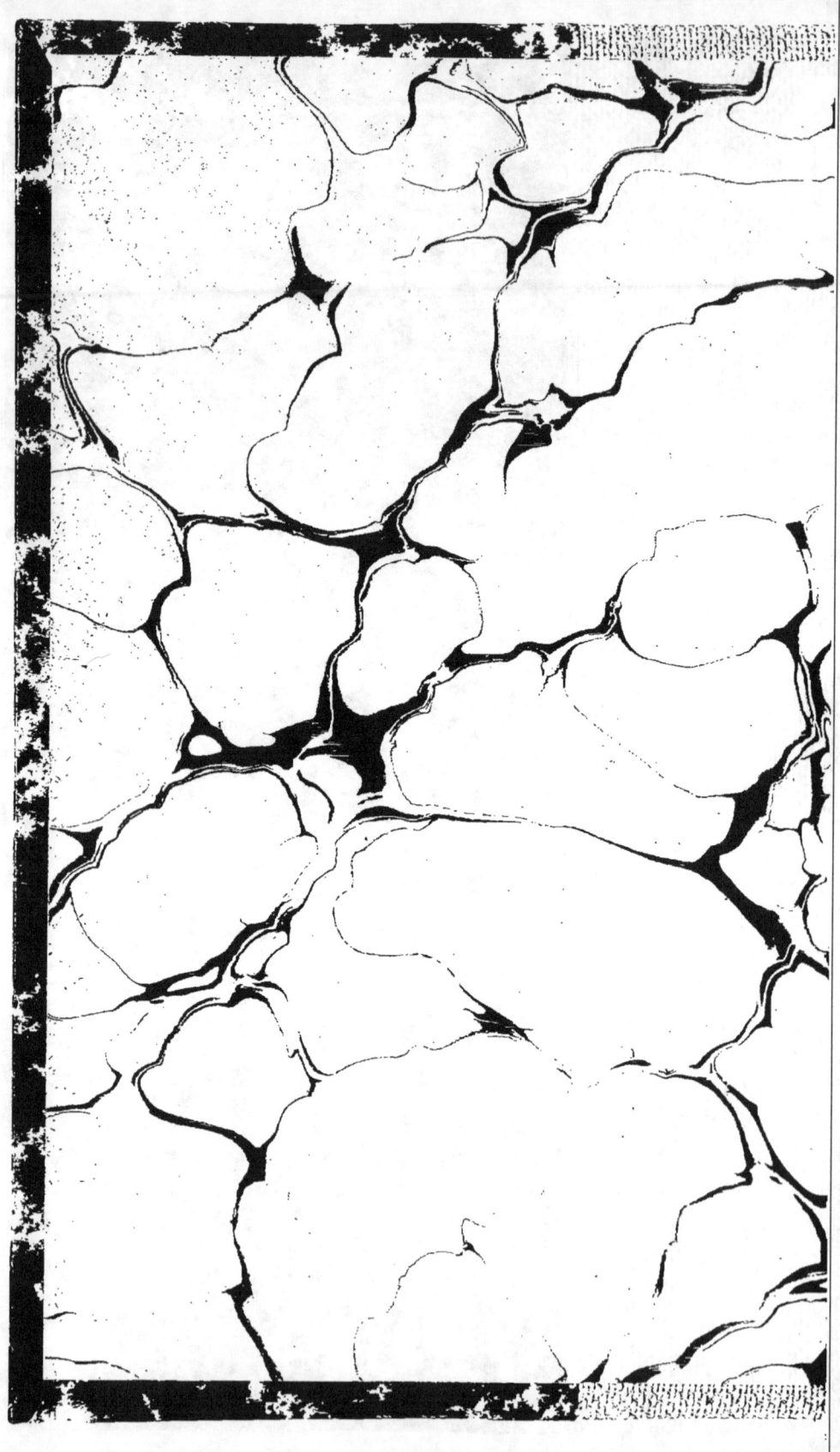

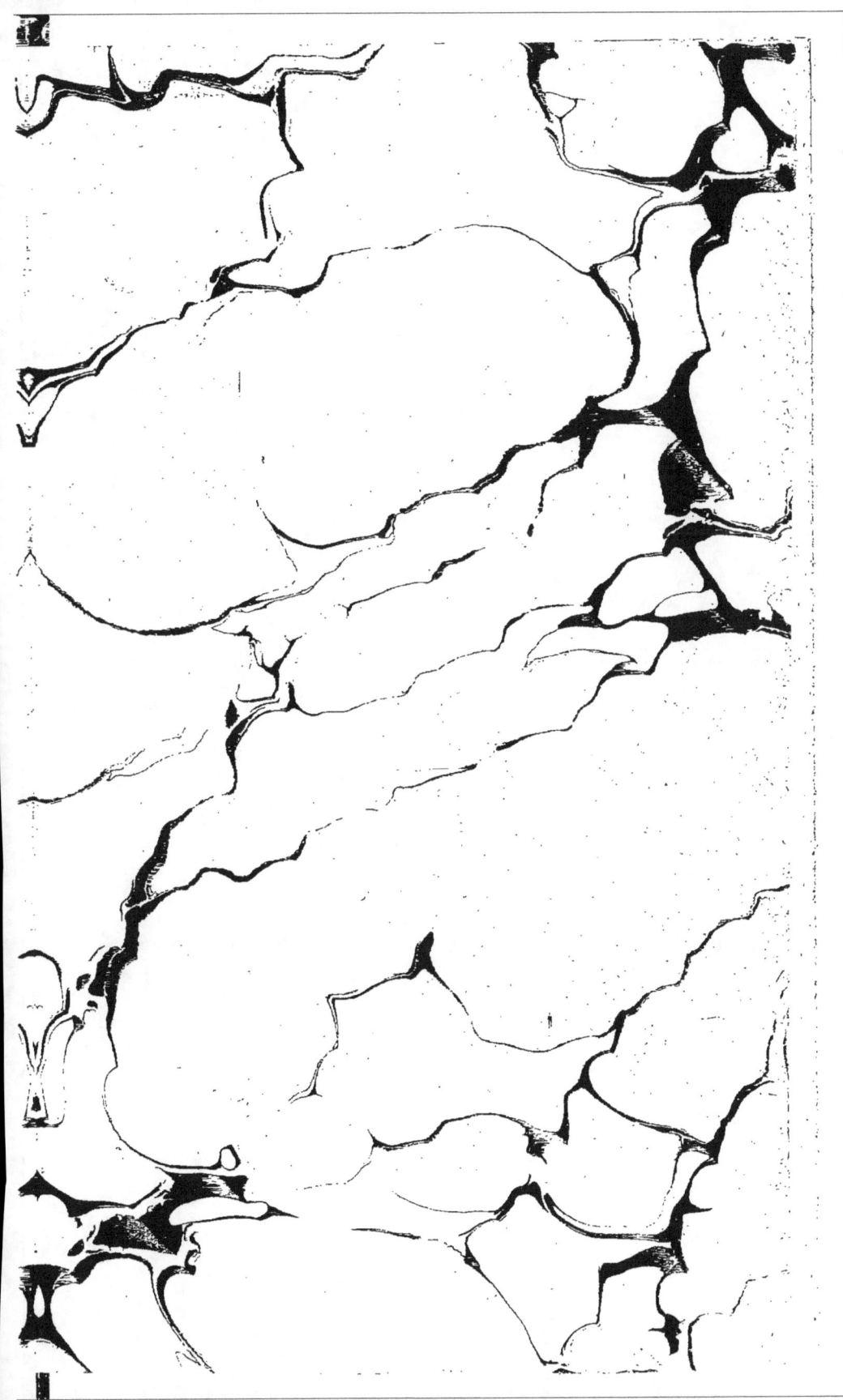

LES

OUVRIERS ILLUSTRES

PAR

Mme LA COMTESSE DE BASSANVILLE

Élève de Mme Campan.

PARIS

MAISON GEDALGE JEUNE

LIBRAIRIE ET PAPETERIE CLASSIQUES

A. ALEXANDRE, LIBRAIRE

RUE MALHER, 9. — VIS-A-VIS DU LYCÉE CHARLEMAGNE

LES

OUVRIERS ILLUSTRES

PARIS. — IMPRIMERIE ÉD. BLOT, RUE SAINT-LOUIS, 46.

LES

OUVRIERS ILLUSTRES

PAR

Mᴹᴱ LA COMTESSE DE BASSANVILLE

Élève de Mᵐᵉ Campan.

PARIS

LIBRAIRIE ET PAPETERIE CLASSIQUES

A. ALEXANDRE, LIBRAIRE

MAISON GEDALGE JEUNE

9, RUE MALHER, 9

(Vis-à-vis du lycée Charlemagne.)

1863

AVANT-PROPOS

Si je me suis permis de donner une forme légère au sujet sérieux qui fait le fond de ce livre, c'est que j'y ai été encouragée par les préceptes de madame Campan dont je suis élève. Ainsi cette grande institutrice disait toujours « qu'il faut rendre la science amusante à la jeunesse afin de la lui faire aimer, » et à la Maison impériale d'Écouen qu'elle dirigeait avec tant de succès, on apprenait dans nos classes la géographie, l'histoire dramatique, c'est-à-dire que l'on nous faisait mettre en action des faits principaux pris dans chacune de ces études, et, comme nous trouvions un plaisir extrême à ces jeux d'esprit et de mémoire, nous y travaillions de tout notre cœur.

On croit à tort aujourd'hui que la science, pour être véritable, doit être sèche, aride et dépouillée de toute parure. Pourquoi cela? Est-ce pour qu'elle se montre fille de la vérité? Mais la vérité elle-même ne perd rien à s'envelopper d'un voile couvert de fleurs; au contraire, elle est ainsi bien plus aimable et sait alors se faire aimer de tous.

Dans ce livre, *les Ouvriers illustres*, que je destine à la jeunesse, je me suis efforcée de suivre les préceptes de madame Campan; ainsi, au lieu d'en faire une lecture sèche et aride portant seulement les dates de la naissance et de la mort et les faits principaux de l'existence de mes héros, je les ai mis eux-mêmes en scène; je me suis appliquée à dramatiser leur vie; je les ai fait parler et agir afin de les faire mieux connaître. Mais en dehors du cadre et des ornements, je n'ai rien pris dans mon imagination, et tous les faits que je mets en scène sont parfaitement historiques; — l'histoire est-elle moins vraie parce qu'elle cherche à se rendre aimable?

De plus, mes jeunes lecteurs, je l'espère du moins, après avoir achevé ce petit livre, non-seulement connaîtront *ces Ouvriers illustres* comme s'ils avaient vécu avec eux, mais encore ils sauront quelles sont les qualités qui les ont conduits à cette illustration, et tout naturellement alors ces qualités prendront à leurs yeux une importance qu'elles n'avaient point encore. Ils auront vu que, pour arriver à la fortune et à la gloire, ces hommes célèbres ont dû être persévérants et vertueux, et alors le travail, la persévérance et la droiture seront classés par eux parmi les choses nécessaires pour se faire un bel avenir.

La morale doit, en éducation, être le fond de toutes choses, et les livres de science proprement dits en étant privés par le fait même du sujet qu'ils traitent, ils doivent nécessairement faire une petite place dans leurs rangs à des frères plus humbles, qui, tout en cherchant aussi à instruire, tendent de plus à faire descendre dans les jeunes âmes l'amour du bien, la crainte de Dieu, et le désir de parvenir à l'aide du travail, à se faire une place brillante en ce monde.

Voilà quel est le but que je me suis efforcée d'atteindre dans cet ouvrage. Sous l'apparence légère de ces histoires amusantes je couvre la morale de mes leçons; morale, il est vrai encore, que j'ai cherché à dépouiller des rides et des cheveux blancs afin de la faire accepter facilement par mes lecteurs, de même que le pharmacien enveloppe des pilules contenant une médecine amère d'une poudre sucrée qui les fait prendre sans dégoût, — parce que le malade s'y est laissé tromper, le médicament en agit-il moins bien sur lui? — Non, et ce serait plutôt le contraire ce me semble!

C'est donc avec le désir sincère de faire un peu de bien que je publie ce petit livre, et je me trouverai trop heureuse, si Dieu daigne me protéger assez pour que je puisse y parvenir.

Cᵗˢᵉ DE BASSANVILLE.

TABLE

———

LES

OUVRIERS ILLUSTRES

PROLOGUE

LES DIMANCHES DU MAJOR

Dans un village de Normandie, servant presque
de faubourg à la riche cité industrielle qui fut la
capitale de cette belle province, un homme, paraissant presque vieux déjà, se promenait de long en
large dans une grande cour séparant sa maison
de la rue. Sa marche précipitée et l'avidité avec
laquelle il plongeait de temps en temps ses regards
à travers la porte entr'ouverte indiquaient qu'il
éprouvait une vive impatience.

— Ils ne viendront pas !.. je le savais... murmurait-il avec dépit chaque fois qu'il reprenait sa promenade après avoir été regarder dans la rue.

Puis, avec une canne qu'il tenait à la main, il frappait sans pitié toutes les pauvres plantes parasites qui s'étaient glissées dans les larges fentes que laissaient entre eux les pavés de la cour, et les décapitait sans miséricorde, comme pour se venger sur elles de la déception qu'il venait d'éprouver.

Tout, dans la tournure de cet homme, annonçait un ancien militaire : sa longue redingote en drap bleu, boutonnée droit jusqu'à la cravate et ornée d'une petite rosette en ruban rouge, la façon dont ses cheveux et sa moustache étaient coupés, ses expressions, ses allures, sa tournure ; tout enfin était empreint de ce cachet indélébile dont restent marqués les hommes, qui, ainsi qu'on le dit vulgairement, ont longtemps vécu sous le harnais.

On savait qu'il avait été chirurgien aux armées ; mais dans quelle armée ? Était-ce dans celle de mer ou dans celle de terre ? voilà les problèmes qu'on ne pouvait pas parvenir à résoudre. D'abord parce que celui qu'on appelait le major était peu causeur, puis parce que son aspect et sa brusquerie inspirant plus de respect que de confiance, on n'osait pas l'interroger, et on se contentait de ce qu'on savait sans en chercher davantage ; enfin, pour tout dire en un mot, on le craignait plus qu'on ne l'aimait dans le pays.

Pourtant il y faisait beaucoup de bien; moins encore, il est vrai, en donnant de l'argent qu'en se donnant lui-même, car il paraissait peu riche; mais pas un être dans le village n'était atteint du plus léger mal, sans que le major n'accourût aussitôt lui apporter ses soins; car depuis deux ans qu'il était venu s'établir à ***, il s'était, de son plein droit, déclaré le médecin ordinaire du lieu; et comme il ne faisait pas payer ses visites, que de plus il envoyait gratuitement aux malades les médicaments qu'il leur ordonnait, on avait ratifié son arrêt sans le contester d'aucune sorte.

Était-ce donc des malades qu'il attendait en ce moment avec autant d'impatience?...

Tout à coup il tressaillit!... un bourdonnement sourd, accompagné de rires joyeux, se faisait entendre au loin.

— Ce sont eux, enfin! exclama-t-il d'un air satisfait.

Puis il rentra vivement dans la maison, sans doute pour ne pas être surpris en flagrant délit d'impatience.

Quelques instants après une bande de jeunes ouvriers déboucha dans la cour, et bientôt envahissait, à son tour, la grande salle où l'homme que nous venons de voir se promener avec agitation était assis dans un énorme fauteuil et semblait plongé dans une lecture qui l'absorbait complétement.

A son aspect, les nouveaux venus se regardèrent avec embarras, comme pour se demander lequel d'entre eux serait assez courageux pour oser porter la parole à cet homme redoutable en présence duquel ils se trouvaient; mais chacun parut hésiter, et un long temps de silence suivit leur entrée bruyante en ce lieu. Tout à coup le plus avisé de la bande s'approcha du lecteur, le nez au vent, la bouche souriante; puis, tout en se dandinant d'une jambe sur l'autre, comme pour se donner une contenance, il se prit à dire d'une voix qu'il s'efforçait de rendre ferme :

— Vous nous avez fait demander, mon major?

— Ah! c'est vous, mes amis! exclama, en feignant la surprise, celui à qui on s'adressait ainsi, je suis bien aise de vous voir, et je vous remercie d'avoir répondu à mon appel.

Le ton de bonté affectueuse avec lequel ces paroles étaient prononcées parut rassurer aussitôt les visiteurs, et plusieurs voix se firent entendre à la fois pour demander ce que le major voulait leur dire.

— Ce que je veux vous dire, mes amis! répondit celui-ci, eh bien, c'est tout simplement que je veux vous aider à passer gaiement votre dimanche. Je sais que, ce jour-là, beaucoup d'entre vous emploient mal ce temps de repos et de récréation, au lieu d'en faire l'usage utile, soit de s'instruire, soit de se divertir honnêtement, et j'ai pensé que je pouvais vous servir pour la dernière de ces choses...

Les hum! hum! fort significatifs, qui accueillirent ces paroles, montrèrent au major que son auditoire avait des préventions fâcheuses contre le plaisir qu'il lui offrait.

— Vous voulez nous divertir, vous, mon major! dit en hochant la tête d'un air de doute celui qui avait parlé le premier et qui semblait l'orateur de la troupe; pourquoi donc cela?... et que vous importe que l'on s'ennuie?...

Le major le regarda fixement, tout en haussant les épaules, d'un air d'humeur, puis il se mit à dire d'une voix brève :

— Voyons, réponds-moi, est-ce que tu crois, par hasard, que j'ai un intérêt quelconque à vous divertir?...

Puis, voyant l'embarras de son interlocuteur, il reprit plus doucement :

— L'intérêt que j'ai, et le seul que je puis avoir, est le vôtre, pauvres enfants ! car l'ennui conduit toujours au mal, et puisque vous ne savez pas employer le temps de vos loisirs d'une façon qui profite à votre esprit et à votre âme, j'ai voulu vous apprendre, moi qui suis, comme vous dites, un vieux de la vieille, comment on s'amuse sans aller au cabaret ou dans tout autre mauvais lieu semblable ; et, dans ce but, j'ai fait établir au fond de mon jardin un jeu de boules, à la seule intention d'y jouer avec vous une partie tous les dimanches, si vous voulez bien m'honorer ce jour-là de votre visite ; voilà à quelle fin j'ai prié vos patrons de vous dire que je désirais vous parler aujourd'hui. Voyez-vous dans cette intention rien qui ressemble aux procédés d'un loup, d'un ogre ou d'un tyran ?

Un éclat de rire moqueur salua ces dernières paroles ; mais peu à peu les fronts se rembrunirent, et celui qui se chargeait de traduire les impressions de ses camarades, ayant interprété aussitôt le nouveau nuage qui planait sur l'assemblée, se prit à dire en se grattant l'oreille :

— Et par quoi nous ferez-vous payer ce plai-

sir-là, mon major? car enfin vous ne nous le don-
nerez pas pour rien... bien sûr.

— Ah! nous y voilà! fit le docteur en souriant;
tu as raison, il n'y a pas de plaisir sans peine, et
vous me payerez ce que je vous offre par une heure
de lecture faite avec moi, chez moi, et à haute voix
par chacun de vous à son tour.

— C'est ça, un sermon, quoi!... eh bien, nous
n'en voulons pas, s'écrièrent en chœur les mutins.

— Qui vous parle de sermons, petits drôles? exclama vivement le major, est-ce que tous les livres
sont des sermons, je vous le demande?

— Alors, nous lirons donc ce que nous vou-
drons? demandèrent toujours en chœur les assistants.

— Oui, mais sous la conditions expresse que votre choix sera accompagné de mon *veto*, sinon,
non; ça vous va-t-il?

— Oui!... oui!... oui!... firent entendre de tous
côtés des voix joyeuses; nous commencerons dimanche prochain, et nous lirons avec vous les *Victoires et Conquêtes*, pas vrai, mon major?

— Non! car ce n'est pas ce que je veux, reprit
vivement le brave homme, puisque c'est une chose
absolument opposée que j'ai à vous offrir. Je les
ai vues de trop près, les victoires et les conquêtes,

pour ne pas les connaître beaucoup mieux que je
ne pourrais l'apprendre dans un livre! Le bruit du
clairon est bon autre part qu'ici, car l'ouvrier,
croyez-moi, doit plutôt chercher à imiter ce qui est
bien dans ses semblables, qu'envier ce qui se trouve
au-dessus de lui.

— L'ouvrier! l'ouvrier!... comme s'il ne pouvait
pas arriver, lui aussi, au haut de l'échelle.

— Et qui te nie, répliqua le major brusquement,
que non-seulement un ouvrier peut arriver au premier échelon de la fortune, mais aussi à celui de la
gloire? ce n'est pas moi peut-être! à preuve que
c'était justement l'histoire des *Ouvriers illustres* que
je voulais vous offrir de lire à la place de *Victoires
et Conquêtes.*

Et, voyant tous ses auditeurs interdits par le
coup de boutoir que venait de recevoir leur camarade, il continua ainsi :

— Le travail est la condition de l'existence humaine ; c'est l'âme de toute société; c'est par lui
seul que l'homme peut utiliser les immenses ressources que Dieu a mises à sa disposition ; mais tout
le monde ne peut pas faire le même travail : Il y a
celui de l'imagination et de l'esprit, il y a celui des
bras, il y a celui des armes, et comme disait un écri-
vain célèbre du dernier siècle :

« Ceux qui surprirent aux Anglais les machines
à faire les bas, qui ont pris le velours aux Génois,
les glaces aux Vénitiens, ne firent pas moins pour
la gloire de l'État que ceux qui battaient les ennemis et augmentaient le territoire de la France. »

Et il avait raison cet écrivain-là!... Ainsi François Richard, qui établit l'industrie cotonnière dans
notre pays, n'est-il pas aussi grand que le plus
grand général, et ne doit-il pas demeurer aussi illustre que celui-ci? Et Michel Brezin le serrurier,
qui, après avoir gagné une grosse fortune par son
travail, a laissé toute cette fortune pour fonder
une maison de retraite destinée aux ouvriers vieux
et pauvres. Et aussi Oberkampf, qui fit la richesse
d'une contrée par l'industrie qu'il y apporta; Jacquart, qui sauva presque la vie et complétement la
santé aux ouvriers ses frères, par la découverte
qu'il fit du métier qui porte son nom. Enfin tous
ces ouvriers, illustres autant par leurs vertus que
par leur fortune, ne sont-ils pas au premier rang
de ces bienfaiteurs de l'humanité dont la postérité
doit garder religieusement la mémoire?...

Dans les ouvriers, continua toujours le major, il
y a eu de très-grands hommes; mais ceux-là avaient
un noble cœur, une âme ferme et un courage sans
bornes. Ils aimaient le travail et ils voulaient par-

1.

venir, non en cherchant tout d'abord à sortir du rang modeste dans lequel Dieu les avait fait naître, mais en s'efforçant, au contraire, à élever l'état qu'ils exerçaient aussi haut qu'il était possible d'atteindre, afin de monter avec lui. Ils ne rêvaient pas de devenir avocats, députés, maréchaux de France, etc. ; ils se contentaient de rester ouvriers, sachant que le travail les conduirait aussi bien à la gloire que l'éclat et le bruit.

Ainsi, c'est en restant modestement potier que Bernard Palissy a fait son nom immortel, qu'il a doté la France de ces admirables émaux qui n'ont pas leurs égaux au monde, et aussi d'une découverte plus humble, mais plus utile, celle de la faïence, qui fut la mère de la porcelaine... Ce fut en restant tout simplement jardinier que Le Nôtre a rendu son nom illustre sur toute la terre pour avoir tracé ces beaux jardins que toutes les capitales nous ont enviés. Enfin, je veux proposer, et à votre admiration et à votre émulation, ces hommes qui, sortis comme vous de la modeste classe ouvrière, se sont élevés par leur travail, leur courage et leurs talents au plus haut degré de l'échelle sociale, où ils ont trouvé la fortune, les honneurs, et même le rang ; c'est-à-dire tout ce qui peut être désiré dans les biens de ce monde. J'espère, de la sorte, parvenir à détruire dans votre esprit cette injuste pensée qui vous porte à croire que la routine suffit dans le travail manuel, tandis que l'intelligence n'y joue qu'un rôle très-secondaire ; mauvais raisonnement qui rend l'esprit paresseux ; et, quand l'esprit n'est pas occupé à chercher le bien, il l'est toujours à conseiller le mal. Étudiez donc, faites travailler votre intelligence comme votre corps. Quand vous faites bien, cherchez à faire mieux ; c'est par ce chemin-là seul qu'on arrive, et non en voltigeant de droite et de gauche comme une plume que chasse le vent. Puis beaucoup d'entre vous aussi se plaisent à changer d'état, à changer de patron, à changer de pays... Et c'est une sottise que cela, car pierre qui roule n'amasse pas de mousse...

— Pourtant, mon major, ce n'est pas en restant dans leur coin comme des souches, que tous les ouvriers dont vous parlez ont fait fortune peut-être ? interrompit enfin un des auditeurs.

— D'accord, mon garçon, reprit vivement le narrateur, voyant par cette réflexion qu'il intéressait ses auditeurs ; mais ils n'ont jamais agi ni par coup de tête ni à la légère. Quand Dieu, qui veille sur nous tous avec amour, destine l'un de nous à suivre une autre route que celle qu'il semblait lui avoir tracée tout d'abord, il le lui indique clairement : premièrement par l'amour du travail qu'il fait descendre dans son âme, puis par mille incidents qui semblent nés du hasard et qui tendent au même but ; enfin, par une voix secrète qui parle à notre cœur et que nous devons toujours écouter avec soumission et respect, au lieu de suivre capricieusement les conseils dictés par la paresse, la légèreté et l'amour du changement, comme on ne le fait que trop souvent !...

Les grands hommes ont tous été de grands travailleurs, et très-peu sont sortis des premiers rangs de la société ; n'est-ce pas une preuve évidente que Dieu récompense les efforts du labeur et rejette ceux qui ne font que remplir une tâche qui était déjà à peu près faite.

Enfin, aimez la classe où vous êtes né, respectez-la et admirez-la dans ses gloires, au lieu d'aller porter votre admiration à ceux qui souvent en sont moins dignes ; ce qui sera quand vous connaîtrez l'histoire des grands ouvriers comme vous connaissez celle des grands conquérants, et que vous préférerez le bruit du métier à celui du canon par la meilleure de toutes les raisons : c'est que du premier sort la vie et que du second sort la mort. Puis, si malgré cela vous vous sentez encore tentés de rougir de votre condition, rappelez-vous cette

parabole : « Il y avait autrefois un atome qui se
plaignait d'être abandonné dans la terre ; au bout
de quelque temps, il devint un diamant. » Et si
vous avez du cœur vous vous direz alors que vous
voulez devenir cette pierre précieuse, puisque,
comme à elle, le divin créateur a donné la matière première du beau et du grand, et qu'il ne
faut que le courage et le travail pour en faire jaillir
les étincelles.

Tous ses jeunes auditeurs avaient écouté avec une
extrême attention ces paroles que le major venait
de prononcer d'une voix ferme et bien accentuée ;
mais, quand il se tut voyant toutes les mines
songeuses, il reprit en riant :

— C'est pourtant vrai que je vous ai fait un sermon !... mais je dirai comme les enfants : je ne le
ferai plus jamais !... jamais !... Pardonnez-moi donc,
et, pour me le prouver, venez jouer avec moi une
partie de boules, après avoir bu à ma santé ; puis,
pour ma pénitence, si mes *Ouvriers illustres* ne vous
vont pas, je lirai et raconterai d'un bout à l'autre
toutes les *Victoires et Conquêtes*. Est-ce dit ? et êtes-
vous contents de votre vieux major ?...

Tous répondirent en chœur un oui joyeux, puis,
à la suite du brave homme, chacun s'élança gaiement dans le jardin où la vieille Françoise avait pré-

paré, tout à côté du jeu de boules, une table couverte
de verres, de pain blanc, d'assiettes de fruits, de
fromage et d'une belle rangée de bouteilles bien
cachetées. On but et on mangea, le tout accompagné
de lazzis, d'éclats de rire et de chansons ; aussi la
partie de boules qui suivit cette légère et joyeuse
collation fut-elle des plus animées et des plus
bruyantes.

Mais l'heure de se séparer sonna enfin, au regret général ; et l'on se quitta en se promettant de
se réunir encore le dimanche suivant et les autres,
promesse faite franchement par nos jeunes ouvriers
malgré l'inquiétude sourde qu'ils éprouvaient, en
pensant qu'une heure d'ennui devait chaque fois
précéder leur plaisir, à l'aide de cette fameuse lecture annoncée. Mais quand ce bienheureux dimanche fut revenu, la lecture tant redoutée que leur
fit leur hôte leur paraissait si intéressante, au contraire, qu'à dater de ce jour, durant toute la semaine, l'agréable pensée du plaisir complet qui
les attendait revenait sans cesse dans leurs jeunes
esprits, grâce au *dimanche du major*.

Et ce sont ces simples récits du major que nous
avons recueillis pour nos jeunes lecteurs, espérant
qu'à leur tour ils y trouveront, non-seulement du
plaisir, mais encore des exemples qu'ils s'efforceront

de suivre ; car l'avenir pour chacun, s'il est ouvert
par Dieu, est semé de bien et de mal par celui qui
y marche ; et, comme toujours on récolte ce que l'on
sème, c'est le bonheur ou le malheur qu'on y ren-
contrera suivant la conduite que l'on aura tenue
dans sa jeunesse.

—

RICHARD - LENOIR

(François Richard, dit Richard-Lenoir)

FONDATEUR DE L'INDUSTRIE COTONNIÈRE

Né en 1776, mort en 1839

—

Dans l'humble et modeste hameau du Trelat, commune d'Epinay, en Calvados, des petits garçons manœuvres, employés pendant les heures de travail à servir les compagnons maçons qui construisaient auprès une grande porte de ferme, étaient ramassés en groupe et paraissaient occupés, mais cela très-activement, à se quereller et à se battre, tandis que leurs pauvres morceaux de pain, qui seuls devaient composer tout leur humble festin, gisaient piteusement oubliés dans la poussière en attendant les belles dents blanches qui devaient les mordre.

Car c'était durant l'heure consacrée au repos, c'est-à-dire au repas, que se passait la petite scène à laquelle nous allons vous faire assister.

— Je te dis que Richard n'est qu'un pas-grand'-chose ! criait du haut de son gosier un des combattants, les poings fermés et la figure empourprée par la colère.

— Eh bien ! moi, moi, je te dis que c'est toi, qui n'es qu'un vaurien, et pas Richard, hurlait l'autre.

Et les gestes de venir à l'appui de ces paroles, quand tout à coup un enfant d'une douzaine d'années la figure barbouillée de plâtre, une auge vide posée sur la tête et le corps à peine couvert par une chemise et un pantalon de grosse toile en guenilles parut auprès d'eux et se montra très-surpris d'entendre ainsi son nom voltiger de bouche en bouche d'une façon si provocative.

— Eh bien ! qu'est-ce qu'il a fait Richard ?... s'écria-t-il en se plaçant résolûment au plus fort de la mêlée.

Mais au lieu de lui répondre, amis et ennemis parurent également interdits par cette apparition inattendue ; aussi le silence succéda-t-il aux cris, et le repos aux coups de poings.

Alors sur une nouvelle interrogation du petit ouvrier, un de ses défenseurs, sans doute, lui dit avec embarras :

— Vois-tu, Richard, ce sont des bêtises ! on disait

comme ça que tous les soirs, après le travail, tu allais chez M. le recteur pour cafarder contre les camarades.

— Et qui est-ce qui a dit cela?... interrompit vivement le petit manœuvre en brandissant sa main fermée d'une façon fort significative, tandis que ses yeux lançaient des éclairs.

— Eh bien, c'est moi... fit résolûment un gros garçon au regard faux, en apercevant tous les yeux fixés sur lui, comme pour le désigner à la colère de Richard, et c'est vrai ce que j'ai dit, puisqu'en revenant le soir de la rame aux vaches, je te vois toujours entrer chez M. le recteur.

— Et tu m'entends aussi cafarder contre mes camarades, Jean? interrompit de nouveau Richard en mettant son poing sous le nez du délateur, d'un air de menace ; mais se ravisant aussitôt, va, va, tu n'es qu'un médisant.

Puis, se retournant tout à coup vers ses défenseurs, il croisa ses bras et leur dit en les regardant bien en face :

— Après... ce n'est pas un crime d'aller chez le recteur?... eh bien, oui, j'y vais tous les soirs, parce qu'il veut bien m'apprendre à lire, que celui de vous qui le trouve mauvais vienne me le dire et on verra...

— A lire! exclamèrent les petits ouvriers avec une

surprise intraduisible, sans songer même à relever la provocation qui leur avait été faite, tant leur étonnement était grand. — A cette époque on ne songeait pas à apprendre à lire au peuple, et lui-même n'en sentait pas le moindre désir.

— Oui, à lire .. et à écrire... et à calculer... répliqua Richard en séparant et en accentuant ses paroles de façon à les faire entrer une à une dans la cervelle de ses auditeurs, tandis que ceux-là le regardaient avec autant de stupeur que s'il leur eût parlé grec.

— Et à quoi bon tout ça?... cela te servira-t-il pour devenir maçon? demanda enfin, tout en se grattant la tête, celui qui s'était montré son plus chaud défenseur.

Richard haussa dédaigneusement les épaules au lieu de répondre, et, comme en ce moment les compagnons revenus au travail appelaient leurs garçons, il redressa son auge qui avait glissé sur le côté de sa tête et s'en alla chercher du plâtre.

C'était, en effet, un bien singulier enfant que ce petit Richard... qui, au lieu de flâner le long des rues, de faire des niches à ses voisins et de jouer avec ses camarades, passait son temps à chercher et à trouver des combinaisons propres à lui faire gagner de l'argent; car la spéculation était son idée fixe! Ce n'était cependant point un avare, puisque tout ce qu'il pouvait avoir de profits, il l'apportait à son père, ouvrier maçon, n'ayant malheureusement aucune conduite; mais Richard portait en lui le germe du génie commercial qui dirigeait ses instincts sans qu'il le sût. Ainsi, au moment où nous faisons faire sa connaissance au lecteur, quoique tout son temps fût pris, le jour, pour servir les maçons, et le soir, chez le recteur, pour chercher à acquérir une science, qui, il l'avait bien compris, lui était indispensable pour arriver à quelque chose, il trouvait encore le moyen d'élever de beaux pigeons dont il faisait un petit commerce; et le succès qu'il trouva dans cet innocent négoce le rendit si fier que, se croyant riche, et voulant se procurer quelque jouissance, il acheta, à la foire qui eut lieu le jour de la fête du pays, une paire de souliers grossièrement ferrés, ce qui le fit regarder de très-mauvais œil par ses camarades qui lui portaient envie.

Aussi combien ils furent heureux, les méchants cœurs, quand, la maladie s'étant mise dans le colombier du pauvre Richard, ses malheureux pigeons lui furent enlevés en moins de rien.

Mais, comme tout être fortement trempé, notre jeune héros ne se laissa point abattre par l'adver-

sité, et, bien au contraire, sentit naître en lui une
énergie nouvelle; seulement il abandonna le commerce des pigeons pour spéculer sur les chiens de
race ; alors, comme son nouveau négoce prit promptement des proportions qui lui permettaient de
quitter son état de manœuvre, il changea ses guenilles contre des habillements propres, quoique
modestes, et se mit à courir toutes les foires à
bestiaux de la province. Là son intelligence, son
activité et aussi la science qu'il avait acquise, —
à cette époque il savait parfaitement lire, écrire et
calculer, — le servirent si bien et lui firent faire de
si bonnes affaires, qu'au bout de dix-huit mois seulement il se trouvait à la tête d'une somme assez
rondelette.

Mais malheureusement, ne pouvant pas voyager
avec tout son argent sur lui, il avait cru mettre son
trésor en sûreté en l'enterrant dans le cellier de
la maison paternelle. Fatale illusion! car le bonhomme Richard avait découvert le magot, et quand
son pauvre fils vint pour mettre la main sur les es-
pèces, elles étaient dénichées!

Que faire? que dire? se fâcher ne remédiait à
rien ; d'ailleurs, Dieu lui permettait-il d'oublier
que le coupable était son père? Sa conscience
lui répondait non avec force et il l'écouta avec

courage. Seulement, il crut devoir s'éloigner de ces lieux ; et embrassant tendrement le cher coupable, pour lui montrer qu'il lui pardonnait, il partit, le cœur léger et la bourse plus légère encore, puisqu'elle ne contenait que deux écus de six livres pour toute fortune, avec l'intention de se rendre dans la capitale de la Normandie.

Une fois arrivé à Rouen, Richard se crut sauvé ! Pourtant sa fortune était loin d'être faite, car de ses deux écus, il ne lui restait plus que des bribes ; mais malgré cela le découragement ne parvint pas un seul instant à se glisser dans son cœur ferme et résolu : tout au contraire, le courageux enfant, après avoir adressé une fervente prière à Dieu pour implorer sa protection, s'en alla de boutique en boutique demander aux marchands s'ils avaient besoin d'un garçon pour les aider dans leur commerce ; et il continua ses recherches jusqu'à ce qu'il eût trouvé un marchand en rouenneries qui l'accepta.

Mais malheureusement cet homme, qui était ignorant et grossier, loin de comprendre tout ce qu'il y avait d'intelligence et d'avenir dans le jeune homme qui s'offrait à lui, ne le croyant bon qu'à faire un garçon de peine, le chargea d'aider la cuisinière, de panser le cheval, de faire les courses et de le servir à table.

Richard accepta bravement toutes ces conditions, et les remplit courageusement, car les profits de la maison étaient bons ; et comme sa pensée nouvelle et incessante était de réunir assez d'argent pour se rendre à Paris, puisque Rouen lui offrait de si piètres ressources, il mettait de côté sous sur liard, et attendait patiemment ; quand un beau jour, son maître qui avait acheté un cabriolet neuf pour figurer dans une cérémonie publique, ayant voulu lui imposer l'obligation de monter derrière, la fierté du jeune Normand se révoltant, il quitta le marchand qui le traitait si mal et entra comme garçon dans un café du voisinage.

Là, il se trouvait assez heureux ! l'argent lui arrivait encore plus vite que chez son ancien maître ; on l'aimait, on le traitait bien ; enfin l'existence lui semblait douce ; mais, loin de s'endormir dans ce bien-être, il travailla avec plus d'ardeur, et au bout d'un an sa pelotte était si ronde qu'il pouvait prendre le coche qui conduisait alors les voyageurs à Paris.

Enfin, le voilà dans cette ville tant désirée et tant rêvée ; mais c'est une nouvelle déception qui l'y attend encore : les maisons sont grandes, les rues sont encombrées, et il se demande avec tristesse, où il y a une place pour lui dans ces maisons, où il y a pour lui une main protectrice dans ces passants?

Durant plusieurs jours, il se mit en quête de l'une et de l'autre de ces choses; puis voyant que sa recherche était vaine, il acheta une petite sellette de décrotteur, la plaça au coin d'une rue très-passante et s'offrit non-seulement pour nettoyer les souliers, mais encore pour faire les commissions de tout le monde.

Il était intelligent, actif et d'une probité parfaite; aussi sut-il bientôt gagner la confiance et l'amitié du quartier; sentiments qui se traduisaient en si beaux deniers comptant qu'au bout d'un an l'heureux Richard possédait mille francs de ses épargnes. C'était une somme immense pour le pauvre garçon! aussi résolut-il d'en faire le marchepied de sa fortune en la plaçant en marchandises avec lesquelles il put satisfaire à l'unique rêve de sa vie, c'est-à-dire faire du commerce.

A cet effet, il acheta quelques pièces de basin anglais, tissu alors très-rare et par conséquent très-recherché en France, et les colporta dans les maisons riches dont il connaissait les domestiques, afin de les vendre aux dames avec quelque avantage.

Son succès fut complet! parce que les dames de ses pratiques l'adressèrent à leurs amies; aussi, au bout de l'année, quand il fit son compte, le bienheureux billet de mille francs en avait rapporté dix mille autres. N'était-ce point une fortune pour un garçon qui avait débuté dans la vie sans un sou vaillant, et qui sentait dans son âme une si grande provision de courage et d'ardeur?

Il continua donc son commerce sur nouveaux frais; il y joignit des percales, des linons, des dentelles, toutes choses enfin qu'on faisait venir d'Angleterre alors, et qu'on payait en conséquence; aussi prospérait-il et voyait-il l'avenir couleur de rose, quand, en 1789, la malheureuse confiance qu'il mit dans un chevalier d'industrie vint, non-seulement lui faire perdre tout ce qu'il possédait, mais encore fut cause qu'on l'arrêta et qu'on le conduisit en prison, à la Force, pour une prétendue dette de quinze cents francs.

Ce coup fatal eut la terrible puissance d'abattre, durant un instant, l'inaltérable courage de Richard, et sans doute la perte de sa liberté eût entraîné celle de sa vie, si, le 13 juillet il n'eût été délivré avec les autres prisonniers de la Force par un mouvement populaire.

Voici donc notre héros se retrouvant encore sur le pavé, Gros-Jean comme devant, puisqu'il ne possédait plus, pour toute fortune, que les douze sous qui garnissaient sa poche ; mais il était libre, et avec la liberté le courage lui était revenu ; aussi alla-t-il au plus vite retrouver ses amis, revoir ceux qui l'avaient aidé ; et les uns et les autres lui faisant quelques petites avances, il recommença tout doucement le commerce qui lui avait si bien réussi une fois ; aussi peu à peu il se remettait à flot et se voyait déjà le vent en poupe, quand la terrible révolution de 93 éclata comme la foudre.

Richard que son humeur pacifique éloignait des luttes politiques, et à qui son sens droit montrait que l'agitation nuisait toujours au commerce, réalisa aussitôt ses bénéfices et se retira dans son village, auprès de son père, dont il soutenait généreusement la vieillesse, pour y attendre des jours meilleurs.

En effet, aux premières lueurs d'un temps calme, Richard revint à Paris pour y reprendre ses travaux, et la Providence, qui enfin voulait récompenser ses constants efforts, lui fit rencontrer, le 9 thermidor, un jeune homme de sa trempe, appelé Lenoir-Dufresne, jeune homme qui devait avoir une grande influence sur sa vie.

Tous deux un jour se présentèrent en même temps dans une maison de la rue des Bourdonnais, avec l'intention d'y acheter une pacotille de drap anglais, qui venait d'y arriver, et comme le marchand, les estimant également, hésitait à la donner plutôt à l'un qu'à l'autre, nos jeunes gens, qui se sentaient entraînés par une mutuelle sympathie, convinrent de prendre ce drap à frais communs, et cette association momentanée devint la base d'une association commerciale, qui, sous le nom de Richard-Lenoir, sut, durant près de vingt ans, non-seulement conquérir l'estime publique, mais aussi attirer dans sa caisse les millions de tous les pays du monde, à l'exception toutefois de l'Angleterre qui avait contre elle une terrible rancune à venger, comme on le verra plus tard.

Les deux associés se complétaient ainsi : autant Richard était aventureux, autant Lenoir était prudent ; de même pour le reste, et leurs qualités et leurs défauts se réunissant pour faire un tout parfait, les conduisaient toujours vers une réussite certaine.

D'abord leur négoce consista principalement dans l'achat et la vente des marchandises anglaises ; mais le premier consul, qui venait de rendre un peu de calme à la France, commençant à jeter un regard de défi sur notre altière voisine, Richard comprit aussitôt qu'une lutte prochaine allait s'ensuivre, et il se résolut alors de délivrer notre commerce de l'espèce de vassalité dans laquelle il était retenu par les Anglais.

Les tissus de coton faisaient l'objet principal des spéculations de la maison Richard-Lenoir; ce fut donc sur eux que notre aventureux héros concentra toutes ses idées; mais voyant enfin qu'il n'arriverait à rien s'il n'avait pas les mêmes moyens de fabrication, c'est-à-dire s'il ne possédait pas des métiers semblables à ceux dont se servaient les Anglais, métiers que ceux-ci ne voulaient ni laisser copier ni vendre à aucun prix, il se décida à leur dérober ce qu'il ne pouvait autrement en obtenir.

Mais vouloir et faire étaient deux choses bien distinctes !... d'autant plus que nos rivaux, qui sans doute avaient deviné les efforts que tenteraient les négociants français, établissaient autour de leurs fabriques une surveillance aussi complète que pour leurs frontières.

— J'arriverai pourtant à mon but, ou j'y laisserai mes os, se dit très-résolûment Richard un jour; la France ne peut pas toujours se traîner ainsi à la remorque de l'Angleterre; elle est assez grande pour marcher toute seule; et je leur enlèverai le tissage des cotons, aux Anglais, pour en faire cadeau à mon pays, quitte à le partager avec eux; mais pas plus !...

Et fort de cette résolution bien prise, notre hé-

roïque ambitieux s'embarqua un jour pour l'Angleterre, sans en rien dire à personne, puis, une fois là,
sous les habits et avec l'allure d'un ouvrier anglais,
— car avant tout il avait commencé par apprendre la
langue du pays, — il se mit à rôder autour des manufactures importantes. Mais, soit pressentiment,
soit que, par une trahison odieuse, le commerce
anglais ait eu vent des projets de Richard, les ordres les plus formels furent donnés de s'emparer du
négociant français mort ou vif; une somme fort
importante était même attachée à cette capture.

Il fallut alors que Richard redoublât de pru-
dence, qu'il payât de ruse et d'adresse; mais,
comme il avait le gousset bien garni, et qu'il ne
reculait devant aucun sacrifice, il finit par découvrir un contre-maître mécontent de son patron,
lequel, moitié par vengeance, moitié par intérêt, le fit entrer en cachette dans une fabrique
où il travaillait, et de plus lui donna les moyens
d'y passer la nuit; mais il déclara toutefois à Richard que, quant à la sortie, ce serait à ses risques
et périls qu'elle s'effectuerait, car il ne pouvait en
rien le servir pour cela.

Richard accepta ce qui pouvait lui être donné
sans en demander davantage, se trouvant déjà bien
heureux de ce qu'il avait pu obtenir, et, se recom-

mandant au bon Dieu pour le reste, il se glissa
dans la fabrique, se coucha sous un baquet pour y
attendre la nuit; et, une fois qu'il se sentit tout
seul, sortit de sa cachette, alluma une lanterne
sourde dont il s'était pourvu, puis palpa, étudia et
prit en dessin les bienheureux métiers, unique but
de son ambition.

Le jour le surprit dans son travail; alors il songea à sortir; mais, hélas! il avait trop attendu, car
un gardien l'ayant aperçu, tira sur lui, et, à l'aide
de ses chiens, chercha à le traquer comme une
bête fauve.

C'est surtout dans le danger que l'on comprend
combien la protection de Dieu est puissante! Aussi
Richard, après une ardente prière, se sentit-il plus
tranquille, et ayant rampé jusqu'à un fossé rempli
de vase, il y entra et y resta caché tout le jour. A la
tombée de la nuit il en sortit à moitié perclus de
froid pour chercher, en se traînant à quatre pattes,
à gagner la cour d'une ferme où il espérait trouver
un endroit pour se cacher encore, et fut trop heureux, faute de mieux, de partager le repas et le
bouge d'un énorme porc qui, sans trop de façon, le
laissa se coucher à ses côtés.

Repu, grâce à la méchante nourriture du pour-
ceau, et réchauffé, grâce à son voisinage, Richard

dormit d'abord un bon somme, puis retrouva ses
forces; alors il dit adieu à son compagnon, et, se
cachant durant le jour, marchant durant la nuit, il
chercha à gagner un port de mer, afin de s'y embarquer pour revenir en France, puisque son but
était rempli; et, ayant eu le bonheur d'arriver à
Folkstone, il se déguisa sous les habits d'un quaker,
cacha ses cheveux courts sous une belle perruque
à longue chevelure, prit l'air, le maintien, le ton de
circonstance, et, métamorphosé ainsi, il se disposait à aller arrêter sa place sur un bateau en par-
tance pour la Hollande, quand il apprit que tout
individu quittant l'Angleterre devait soumettre l'in-
spection de ses papiers à l'autorité, qui ne faisait
pas grâce même d'une carte de visite; le but du
gouvernement étant d'empêcher ainsi d'emporter
à l'étranger les dessins des métiers que l'homme
qui s'était caché dans la fabrique avait dû certainement prendre.

Richard était trop courageux et trop ferme pour
perdre la tête devant le nouvel obstacle qu'il
voyait s'élever dans cette lutte engagée par lui avec
l'Angleterre; aussi, résolu de risquer même sa vie,
s'il le fallait, pour réussir, il va chez un médecin de
la ville, et, se plaignant de maux imaginaires, il se
fait poser par celui-ci un énorme cautère au bras

gauche; puis, rentré chez lui, il s'enferme sous le prétexte de se soigner, afin de pouvoir copier fidèlement, et tout à son aise, les dessins des métiers sur du papier appelé pelure d'oignon, le plus fin qu'il avait pu trouver dans la ville.

Cela fait, il prend ses copies, les coud dans une longue bande de toile qu'il a eu le soin de salir avec du pus sanguinolant, entoure de cette bande ainsi doublée le bras qu'il a fait rendre malade tout exprès, et va résolûment arrêter sa place au bateau, emportant ses effets avec lui, car le vent étant bon, on se disposait à appareiller.

Suivant l'ordre formel qui avait été donné, le préposé à la visite des voyageurs s'avance alors vers lui, fouille ses malles, ses habits, ses effets, puis lui intime l'ordre de se déshabiller complétement.

Richard obéit sans mot dire; et quand il se fut mis nu comme un ver, on lui intima un nouvel ordre, celui de défaire les linges qui entouraient son bras, pour s'assurer si le cautère qu'il avait déclaré avoir était en effet bien réel.

En entendant ces mots, le malheureux Richard sentit une sueur froide lui couvrir tout le corps; mais loin de laisser voir sa terreur, il défit lentement, et avec une impassibilité parfaitement jouée,

tout ce qui cachait la plaie et renfermait son trésor ;
puis il plaça son bras sous les yeux de l'employé.

A la vue de la plaie béante, celui-ci, détournant
la tête avec dégoût, laissa Richard rattacher tout seul
son bandage, ce que notre héros fit avec la même
lenteur calculée qu'il avait mise à le défaire ; ensuite il se rhabilla gravement. Alors, la visite qui
devait être faite sur lui étant heureusement ter-
minée, il fut admis sans nouvel obstacle au nombre des passagers, et la traversée ayant été bonne,
peu de jours après il arriva en France, puis bientôt à Paris, où, grâce à son admirable courage, l'industrie cotonnière fut fondée !...

— Eh bien, mes petits amis, interrompit le major qui, ce jour-là, s'était chargé lui-même de faire
la lecture à haute voix, trouvez-vous dans l'histoire
des héros guerriers beaucoup de traits de courage
qui vaillent celui-là ? et croyez-vous que la conquête d'une province eût été plus utile à la France
que la conquête de ces métiers ? — Non, n'est-ce
pas ? Je lis cette réponse dans vos yeux, aussi je
continue :

Dieu qui avait si visiblement protégé l'aventureux Richard, durant son voyage en Angleterre,
l'aida encore, à son retour en France ; car, une fois
à Paris, il eut le bonheur de rencontrer un mécani-

cien anglais, lequel, sur le dessin bien imparfait qu'avait pu prendre le fabricant du *Mull-Jenny*, (métier à la Jeannette,) machine à filer le coton fort importante, lui fabriqua vingt-deux de ces mé- tiers complets en moins d'un mois.

Richard put donc lancer son entreprise sur de vastes proportions; mais la vogue qu'elle prit dé- passa si promptement ses espérances, qu'il lui fal- lut sur le champ plus que tripler sa fabrique.

Notre héros jeta alors les yeux sur un bâtiment immense situé rue de Charonne. Ce bâtiment, qui jadis avait été un couvent, et qui était alors une propriété nationale, lui paraissant convenir parfai- tement à son affaire; il demanda au gouvernement de vouloir bien le lui céder aux conditions qu'il lui plairait d'indiquer; mais la réponse se faisant attendre, l'impatient manufacturier conçut le hardi projet de prendre en conquérant le monastère abandonné qu'il ne pouvait pas parvenir à obtenir en solliciteur.

A cet effet donc, un beau matin, maître Richard, à la tête de nombreux ouvriers, se transporta sur le lieu qu'il convoitait, puis, ayant donné à ceux-ci l'ordre de relever les murs qui tombaient, de rem- placer les fenêtres qui avaient été arrachées, de sceller les portes qui ne tenaient plus, en un mot,

de remettre le bâtiment presque détruit en parfait
état, et cela sur-le-champ; comme il semait l'or
autour de lui pour mieux se faire comprendre, les
choses marchèrent de telle sorte, que huit jours
après une belle fabrique en pleine activité rempla-
çait le vieux couvent dévasté et désert.

L'autorité, blessée de ce coup d'audace, porta
aussitôt plainte au premier consul contre Richard;
mais Bonaparte avait trop de génie pour ne pas
comprendre la portée d'une action, et découvrit
dans celle-ci l'acte d'un homme d'élite; aussi voulut-il aller juger la chose par lui-même, et voir si
la nouvelle fabrique fonctionnait assez bien pour
se faire pardonner son origine.

Il fut émerveillé de l'ordre et de l'activité qui y
régnaient; aussi, bien loin de faire des reproches à
Richard, il le félicita, au contraire, de venir ainsi
en aide aux classes laborieuses du faubourg Saint-
Antoine, et lui promit sa protection pour appui.

Napoléon, devenu empereur, tint la promesse
qu'il avait faite à l'aventureux fabricant, et la maison Richard-Lenoir, pendant l'espace de dix ans,
c'est-à-dire tant que dura l'ère impériale, parut
épuiser la mesure des prospérités humaines. Mais,
hélas! les mauvais jours vinrent aussi à leur tour,
car notre ami Richard eut le malheur de perdre

son prudent associé. Rien ne venant plus brider son imagination ardente, il donna l'essor à ses vues gigantesques, et fit fabriquer hors de toute proportion.

Ce n'était pas tout encore, et un nouveau malheur devait venir le frapper, car la réunion de la France et de la Hollande ayant eu lieu, cette dernière jeta sur la place une si grande quantité de coton à prix réduits, que Richard ne put plus écouler ses tissus qui, forcément, devaient être tenus à un taux plus élevé, puisque la main d'œuvre était plus chère en France qu'en Hollande.

Richard déploya en ces circonstances une énergie et un courage dignes d'un meilleur sort ; il se raidit contre l'adversité, et entreprend alors le tissage des draps à la façon anglaise. Un moment encore il croit triompher, et il jette un regard de défi au sort qui avait voulu l'abattre ; mais la fatale année de 1813 vint commencer sa ruine que 1814 acheva.

Grand dans le malheur comme il l'avait été dans la fortune, Richard se retira où il était né, pleurant seulement sur la détresse des milliers d'ouvriers qu'il laissait sans ouvrage. Il y vécut pauvre et abandonné pendant près d'un quart de siècle ; puis, ayant voulu revoir Paris, où il avait été si heureux, une fièvre ardente le prit à son arrivée et l'enleva en quelques jours.

Mais si ses dernières années avaient été solitaires, son convoi fut nombreux. Tout le peuple s'y porta en foule, et un concours innombrable de fils, de frères, d'amis de ces ouvriers dont il avait été le protecteur et le père, accompagna sa dépouille mortelle en versant des larmes de reconnaissance et de regrets!

BERNARD PALISSY

POTIER

Né en 1499, mort en 1588.

Dans une grande chambre haute, froide et triste, tristesse causée autant par la pauvreté qui s'y montrait son hôte, que par le défaut de lumière qui semblait pénétrer, à regret, à travers une étroite fenêtre dont les vitres, petites et entourées de larges bandes de plomb, étaient encore couvertes d'une poussière sèche et enfumée, un homme assis sur un misérable escabeau semblait livré à une méditation profonde.

Cet homme paraissait avoir quarante ans à peine; mais déjà son crâne dégarni, ses traits altérés, son front creusé par de nombreuses rides qui pour être précoces n'en étaient pas moins profondes, tout laissait lire en lui que le bonheur et la joie n'étaient pas ses compagnons ordinaires.

Il tenait entre ses mains une coupe émaillée de

belle terre, coupe brisée et hors de service, mais qui montrait encore de riches couleurs et des dessins capricieux et charmants.

Jadis elle était sortie toute brillante des fabriques italiennes de Faenza, fabrique célèbre alors dans toute l'Europe, et elle avait trôné, fière et superbe, sur le dressoir d'un palais seigneurial ou princier ; mais le malheur était venu l'atteindre, on l'avait brisée, et sa beauté étant perdue, elle s'était vue jetée avec mépris dans la fange où, depuis plus de six ans, l'avait ramassée l'homme qui la couvait du regard en ce moment ; car elle était devenue l'unique et incessante pensée de sa vie.

Tout à coup une femme maigre, pâle et pauvrement vêtue apparut à côté du rêveur, et lui touchant l'épaule avec tendresse :

— Bernard, mon doux ami, dit-elle, vous serez donc toujours poursuivi par le désir impossible à satisfaire d'imiter cette composition étrangère ?... C'est messire Satan qui, j'en suis certaine, a, pour vos péchés, envahi votre âme à son profit ; ainsi donc, au lieu de vous ébahir de la sorte, venez avec moi prier le Seigneur de daigner vous rendre en sa bonté puissante le repos, et de tête et de cœur ; ou, avec vous, nous sommes tous perdus, Bernard, car nos pauvres enfants meurent de faim.

En entendant ces cruelles paroles, celui qu'elle venait d'appeler Bernard poussa un profond soupir de douleur; puis, prenant la main qui était restée posée sur son épaule, il la porta affectueusement à ses lèvres en murmurant :

— Prends pitié de moi, Margonne, si je te fais souffrir, car je souffre bien plus cruellement encore que toi, puisque je sens là!... là!... fit-il en se frappant le front, qu'il y a tout une source de fortune pour vous, pour moi de l'honneur et de la gloire, et que cette source ne demande qu'un moment pour jaillir...

— Voilà déjà de bien longues années que vous me dites ces mêmes paroles, mon pauvre Bernard, répondit Margonne en secouant tristement la tête, et pendant les premiers temps j'ai eu la faiblesse d'y ajouter une foi entière; mais je ne vois que trop maintenant que c'est un mauvais sort et méchant maléfice que vous a jeté l'esprit du mal; car tandis que je pleure, que je souffre et que je prie, vous restez à rêver des chimères au lieu de travailler comme devrait le faire un bon chrétien qui a une compagne et des pauvres enfants à nourrir et à vêtir.

En entendant ces durs reproches, Bernard se leva brusquement, et, regardant sa femme avec colère, il s'écria :

— Malheureuse!... malheureuse!... qui confond la lumière envoyée par le ciel et l'éclat sinistre qui s'échappe de l'enfer...

Puis, après avoir achevé ces paroles, il sortit précipitamment, en laissant la pauvre Margonne tout effrayée et tout éplorée.

L'homme que nous venons de trouver ainsi, et si malheureux et si pauvre, s'appelait Bernard Palissy. Il était né la dernière année du quinzième siècle, en 1499, dans un petit village près d'Agen. Son père, qui était potier, le destina à suivre le même état que lui ; mais, comme il fournissait les ustensiles de ménage nécessaires à un couvent des environs, il obtint des moines qu'en attendant qu'il devînt assez grand pour travailler, son fils serait reçu chez eux pour y apprendre à lire et à écrire, — sciences fort rares à cette époque. — Aussi quand le petit Bernard retourna au village, à l'âge de quatorze ans, était-il regardé comme une véritable merveille à plus de dix lieues à la ronde.

Et on avait presque raison, car le jeune Agénais était non-seulement d'une intelligence hors ligne, mais encore il était possédé d'un ardent amour du travail, amour sacré qui conduit toujours vers le bien !

Bernard était donc devenu l'aigle de son village,

quand un arpenteur y fut appelé pour des travaux assez sérieux; et comme celui-ci n'avait amené avec lui aucun aide, il se trouva trop heureux de prendre le jeune Agénais comme second; mais ce qu'il fit par nécessité d'abord, lui parut bientôt si agréable, — Bernard ayant le travail aussi facile que rapide, — et il s'attacha si bien à cet enfant, qu'il pria ses parents de le lui confier pour qu'il lui apprît son état. Ces braves gens hésitaient, quand le petit Palissy déclara qu'il ne voulait quitter ni son pays ni son père.

Ce qui l'attachait si fort aux lieux de son enfance, c'est qu'à l'aide des moines qu'il visitait souvent, il venait d'apprendre une sorte de peinture sur verre, peinture dans laquelle il était devenu, en peu de temps, fort habile; talent qui le faisait appeler dans tous les environs pour orner les chapelles et les châteaux des grands seigneurs, et le mettait ainsi à même, non-seulement de déployer, mais encore d'augmenter les ressources de son esprit créateur.

Mais cette veine de bonheur fut promptement épuisée, hélas! pour notre héros; et la mort de son père, qu'il aimait tendrement, étant venue le blesser au cœur, il voulut courir un peu le monde pour se distraire. Pourtant il n'alla pas loin, puisque

les qualités qu'il remarqua dans Margonne l'attachèrent à Saintes, où il se maria et s'établit potier,
comme l'avait été son père.

Les premiers temps de cette union furent parfaitement heureux, et Bernard, qui avait joint la
peinture sur verre à la poterie, faisait de si brillantes affaires qu'il saluait joyeusement chaque année la venue d'un nouvel enfant dans ce monde;
quand, ayant un jour par hasard ramassé dans la
rue la coupe brisée que nous avons vue entre ses
mains, toute sa vie fut complétement bouleversée;
car dès ce moment, négligeant son travail, il concentra toutes ses facultés pour parvenir à trouver
le moyen d'imiter une œuvre semblable; en un
mot, comme il le dit lui-même dans le traité qu'il
a laissé sur l'*Art de travailler la terre*, « il entra en
dispute constante avec sa pensée. »

Jour et nuit il ne s'occupait plus qu'à pétrir de
la terre; puis, quand elle lui semblait façonnée à
sa guise, il l'enduisait d'une préparation qu'il com-
posait et variait à l'infini; ensuite il allait la faire
cuire, tantôt chez des verriers, tantôt chez des po-
tiers, avec lesquels il était resté en rapport d'amitié
sinon d'affaires, car il était devenu si pauvre alors,
que son four ne marchait plus, faute de pouvoir
acheter du bois pour l'alimenter.

Mais, hélas! combien faut-il faire de tentatives vaines avant d'arriver au succès!... Aussi, chaque fois qu'il échouait, loin de perdre son ardeur, Bernard se repliait sur lui-même pour reprendre les forces et l'énergie nouvelle dont il avait besoin pour vaincre les difficultés qu'il rencontrait; puis il méditait à nouveau sur les débris de l'admirable coupe, tandis que l'infortunée Margonne, qui avait dû vendre pièce à pièce toutes ses nippes, pour donner du pain à ses enfants qui se mouraient de besoin, pleurait et priait, croyant son bien-aimé mari possédé du méchant esprit des ténèbres...

Malheureusement bien des jours tristes et sombres devaient s'écouler encore pour la pauvre famille sans apporter avec eux le moindre soulagement. Bernard devenait de plus en plus rêveur, acharné à son œuvre; et Margonne, qui ayant atteint le dernier degré de la douleur, ne trouvait plus dans ses bras nulle force, dans ses yeux plus de pleurs, laissait ses chers enfants implorer la pitié des passants, pour obtenir leur nourriture, en demandant à Dieu de la prendre, mais ne disant plus rien à Bernard, quand un jour celui-ci rentra tout joyeux au logis en portant une énorme brassée de bois qu'il serrait sur son cœur :

— Vite, vite, Margonne, cria-t-il, viens m'aider
à chauffer mon four; un voisin me prête ce bois,
et j'ai enfin trouvé ce que, depuis si longtemps, je
cherche, béni soit Dieu! Tu vas donc être payée de
tes sacrifices, de tes misères!... Nos pauvres enfants
seront heureux! et moi!... moi!... oh, je mourrai de
félicité et d'orgueil!...

Margonne, en effet, accourut à ces cris, mais depuis si longtemps les espérances de Bernard étaient
vaines, qu'elle les crut fausses encore; toutefois
pour ne pas lui désobéir, elle l'aida à allumer le feu;
et attendit, avec le stoïcisme que donne une douleur
incessante, le moment où la nouvelle épreuve aurait
amené avec elle la déception ordinaire.

Le feu pétilla joyeusement dans ce four si longtemps abandonné, comme pour célébrer le triomphe du maître; et Bernard, les yeux aussi brillants
que la flamme du foyer, le cœur palpitant d'espoir
et les lèvres frémissantes, se tenait en silence devant
le brasier qui contenait sa plus vive et dernière
espérance; car il sentait qu'il était perdu s'il
échouait encore dans cette tentative.

Mais tout à coup le bois vient à manquer. A cette
vue, Margonne, qui malgré son impassibilité ap-
parente s'était encore sentie reprise involontaire-
ment à espérer, tombe pâle et tremblante agenouillée

sur la terre, tout en élevant vers le ciel ses yeux rougis et sans larmes pour en invoquer le secours : car sans l'aide de Dieu ils sont perdus; elle le voit! Bernard lui-même est atterré! Un moment sa confiance en lui, son courage l'abandonnent, et le désespoir qui envahit son âme va le faire ployer sous son étreinte de fer; quand tout à coup il se relève, bondit comme un fou furieux autour de la chambre! prend un à un tous les misérables meubles qui y restent encore : son escabeau vermoulu, sa table boiteuse, son grabat glacé, brise tout dans ses mains qui semblent d'airain, et le jette en aliment à la flamme dévorante.

Mais ce sacrifice ne suffit pas encore, et le feu ranimé un instant seulement menace à nouveau de s'éteindre. Bernard ne se connaît plus, il arrache la fenêtre, malgré la bise qui souffle avec force et la neige qui tourbillonne dans la chambre; la brise aussi comme un enfant fait d'un jouet et la jette dans l'âtre béant; il prend également la porte, fait d'elle ainsi qu'il a fait du reste et tombe haletant et sans forces auprès du terrible brasier pour la vie duquel il donnerait tous les jours qui lui sont encore accordés.

Ce suprême effort a heureusement apporté avec lui le succès!... La pièce de terre contenue dans le

four est cuite ; elle brille des merveilleuses et écla-
tantes couleurs qui formaient la beauté de la coupe
brisée qu'il avait si longtemps cherché à imiter,
et que son œuvre égalait enfin.

A cette vue, Bernard pousse des cris annonçant
son triomphe et sa joie, tandis que Margonne, qui
durant toute cette scène est restée agenouillée et
inerte, se redresse et quoiqu'elle voie, quoiqu'elle
touche l'œuvre admirable que son époux lui pré-
sente avec orgueil, elle doute encore que ce succès
soit véritable ; depuis si longtemps elle souffre
qu'elle ne sait plus se réjouir, l'infortunée ?...

Mais bientôt le succès de celui que tout le monde
croyait fou se répand dans la ville ; alors chacun
accourt pour féliciter Bernard, pour admirer son
œuvre. Les commandes pleuvent de toutes parts,
et la fortune sourit enfin à l'homme courageux
qui, soutenu seulement par son génie, a su endu-
rer tant de privations pour atteindre au but qu'il
croyait être utile à son pays plus encore qu'à sa
gloire.

On comprend que le bruit de la découverte faite
par Bernard ne devait pas demeurer longtemps en-
foui dans la petite ville de Saintes seulement. En
effet, elle se répandit au loin, et parvint même
jusqu'à la cour, ce qui fit que le roi Henri II l'ap-

pela au près de lui pour lui commander des vases et des figurines destinés à l'embellissement des jardins royaux.

Palissy se rendit avec empressement aux ordres de son souverain, et heureux de cet appel, il s'efforça de faire de si merveilleuses choses que le roi charmé lui donna un logement dans les *Tuileries*, que la reine Catherine de Médicis faisait alors arranger en palais, en y joignant le brevet d'*inventeur des rustiques figulines* du roi [1].

A partir de ce moment, Bernard Palissy fut pendant bien longtemps riche et heureux, mais ayant imprudemment voulu jouer un rôle dans les guerres de religion qui, à cette époque, déchiraient la France, il en devint la victime; car, après avoir échappé aux journées sanglantes de la Saint-Barthélemy il fut arrêté par l'ordre du fameux tribunal des *Seize* et renfermé à la Bastille où il mourut à l'âge de quatre-vingt-dix ans en laissant un nom à jamais célèbre.

La gloire de cet *ouvrier illustre* est basée bien moins encore sur la merveilleuse découverte qu'il fit de ces émaux qui eurent peu d'égaux au monde, que parce que c'est à lui que l'on doit également la découverte de la faïence qui fut la mère de la por-

[1] Figuline veut dire en latin toutes sortes de poteries.

celaine. De plus, Bernard Palissy fut le premier
qui forma un cabinet d'histoire naturelle en France;
enfin ce grand homme employa tout son temps
pour chercher à faire progresser, dans sa patrie,
la science qui y était encore complétement dans
l'enfance à cette époque.

CHRISTOPHE OBERKAMPF

OUVRIER TEINTURIER

Né en 1738, mort en 1815.

———

Christophe Philippe Oberkampf, le créateur de la manufacture de toiles peintes de Jouy, manufacture dont les produits furent recherchés du monde entier pendant plus d'un demi-siècle, naquit à Wissenbach en l'année 1738.

Son père était un pauvre teinturier qui reçut ce nouvel arrivé avec une triste résignation, non-seulement parce qu'il se trouvait déjà chargé d'une nombreuse famille ; mais encore parce que la constitution de l'enfant était si chétive et si mièvre, qu'il semblait destiné bien plutôt à marcher vers le cimetière qu'à entrer dans la vie ; aussi ce fut à peine si on osa donner un peu d'affection au petit Christophe, qu'on abandonna complétement, dans une campagne éloignée, aux soins d'une vieille grand'mère presque aveugle et à la nourriture des mamelles d'une chèvre, jusque-là l'unique amie de la pauvre infirme.

Mais, contre toute prévision, entre ces deux mères, l'enfant revint peu à peu à la vie, ce qui surprit tellement chacun, qu'on le regardait presque comme un enfant du miracle ; aussi toutes les commères de l'endroit lui prédisaient-elles une destinée des plus illustres. Prédictions que le ciel se plut à réaliser, non pour donner raison aux sibylles, mais pour prouver une fois de plus encore que le bon grain germe toujours dans un bon terrain.

La grand'mère infirme qui soignait Christophe était une femme d'une piété solide et d'une foi vive, aussi se fit-elle un devoir, dès le premier jour, de verser goutte à goutte dans le cœur de son petit-fils, ces deux sentiments qui l'avaient aidée elle-même à supporter toutes les douleurs et les misères dont sa vie avait été frappée.

A peine s'il balbutiait quelques mots, qu'elle lui apprenait déjà une prière, et quand il commença à comprendre ce qui lui était dit, elle lui parla sans cesse de la bonté et de la grandeur de Dieu. — Car, lui répétait-elle, tout est possible ici-bas à celui qui sait vraiment aimer le bon Dieu de tout son cœur et de toutes ses forces.

Puis elle lui apprenait encore à ne rester jamais

oisif, la paresse étant de tous les défauts celui qui nous éloigne le plus de Dieu.

— Le paresseux veut le bien, mais il ne le fait pas, aussi passe-t-il sa vie à gémir, lui disait-elle en lui répétant les paroles de l'Écriture, et quand il voit de la fenêtre de sa maison son champ en friche, tandis que celui de son voisin est si bien cultivé, il se dit : — Demain je me lèverai avec le soleil et je labourerai mon champ; — mais le lendemain le paresseux ne se lève point et son champ ne lui rapporte jamais rien.

— Soyez tranquille, grand'mère, je ne serai jamais paresseux, répliquait alors l'enfant attentif, et mon champ me rapportera, n'est-ce pas? je me trouverais si heureux, quand je serai grand, de vous donner de belles et bonnes choses.

Et la vénérable aïeule se prenait à sourire en disant :

— Ne songe pas à moi, Christophe, car je ne désire rien de plus que je ne possède. David a dit : « J'ai passé sur la terre et je n'ai jamais vu que le juste fût abandonné de Dieu », et comme je me suis efforcée toujours d'être juste, Dieu m'a toujours protégée.

Paroles d'une résignation admirable, sur les lèvres et dans le cœur d'une malheureuse femme infirme, réduite à une grande pauvreté.

Aussi on comprend, qu'imbu de ces sentiments si profondément religieux, la nature du petit Christophe se développa méditative et mélancolique bien plutôt qu'ardente et joyeuse. De bonne heure il réfléchissait sur toutes choses, et le travail était devenu pour lui non-seulement un des plaisirs, mais encore une des nécessités de la vie ; travail tout manuel d'abord, puisque non-seulement l'infirmité, mais encore l'éducation bornée de son aïeule ne lui avaient pas permis de lui apprendre quoi que ce fût dans la science.

En occupant ses mains sans cesse, le petit Christophe leur avait donné une adresse de fée : ainsi il s'était appris tout seul à faire des sabots ; d'abord il n'en confectionna que pour lui, puis il en fit pour sa grand'mère, enfin peu à peu il eut la pratique de toutes les bonnes femmes du pays, ce qui apportait du bien-être dans le pauvre logis, car si on ne payait pas le petit sabotier en argent (Christophe n'avait alors que sept ans) on donnait en remplacement à la grand'mère, qui du lard, qui du lait ou de la graisse, ou des fruits, ou des œufs, ou toutes choses enfin qui trop souvent manquaient dans l'humble ménage.

Christophe et son aïeule vivaient tous deux heureux dans leur pauvreté, quand le ciel, qui destinait le jeune Oberkampf à un tout autre avenir que celui qu'il rêvait, lui enleva subitement son cher appui.

La grand'mère mourut tranquille en confiant son enfant au bon Dieu, ce père qui est si tendre pour tous ceux qui le servent ! et Christophe, le cœur brisé mais montrant un courage bien au-dessus de son jeune âge, retourna auprès de sa famille, qui fut surprise et heureuse en retrouvant un garçon si fort et si bien constitué, au lieu de l'avorton qu'elle avait cru destiné sinon à mourir, au moins à se traîner infirme et chétif dans la vie.

Mais si les parents de Christophe se réjouissaient du retour de celui-ci au logis, l'enfant ne partageait pas ce sentiment, car l'existence qu'il y menait lui faisait paraître bien plus cruelle encore la perte qu'il avait faite de sa vénérable grand'mère. Ainsi, ayant été pris comme apprenti dans la teinturerie où travaillait son père, le contact qu'il devait avoir avec des ouvriers sans éducation et sans morale lui semblait une bien dure condition ! non qu'il eût reçu lui-même aucune éducation selon le monde, le pauvre enfant ! mais l'instinct du bien et du mal avait été tellement développé dans son âme par les sages leçons de sa grand'mère, qu'il comprenait tout sans rien savoir ; aussi songeait-il à prier son père de lui donner une autre direction, quand un incident fort simple en apparence, mais où Christophe montra son bon cœur, vint heureusement le sortir de peine.

Un matin que les ouvriers et les apprentis prenaient une heure de repos dans la cour de la maison dont la teinturerie occupait le rez-de-chaussée, un vieillard, à l'aspect des plus étranges, vint à traverser cette cour, et fut salué par les plaisanteries les plus grossières et les propos les plus malséants.

Cet homme avait l'air pauvre, malade et honteux. Il était vêtu d'habits en guenille, avait la tête à moitié couverte par une perruque rousse et usée; portait sous le bras gauche une miche de pain, de la main droite un seau rempli d'eau, et semblait se traîner avec peine, ployant sous le faix des deux objets.

Christophe, doué d'un profond respect pour la vieillesse, fut aussi blessé qu'ému, d'une part, en entendant ses camarades insulter cet homme malheureux; de l'autre, en devinant une profonde souffrance dans cet être où les autres ne voyaient que des ridicules. Et dans un élan de cœur, il se leva résolûment du siége sur lequel il était assis au milieu des rieurs et s'avança vers le vieillard.

— Monsieur, lui dit-il, voulez-vous me permettre de vous aider à monter ce seau d'eau qui me semble trop lourd pour vos forces.

Le pauvre homme, en voyant ce respect auquel il était si peu habitué, crut à une plaisanterie nouvelle, et laissant s'échapper un profond soupir de son cœur, il murmura d'une voix brisée :

— Oh ! mon Dieu ! la jeunesse est-elle donc sans pitié...

Mais comme Christophe, qui conservait le même aspect révérencieux, venait de détacher doucement le seau que tenaient ses doigts tremblants et commençait à gravir l'escalier avec son fardeau, tandis que les camarades du petit ouvrier faisaient retomber sur celui-ci leurs plus sanglants sarcasmes, il fallut bien se rendre à l'évidence ; aussi le vieillard suivit-il l'enfant, le cœur ému d'une douce joie : depuis si longtemps il n'avait pas trouvé un ami, le pauvre homme !

C'était un ancien professeur à l'Université de Vienne, que des malheurs et des injustices avaient réduit à la misère, et le chagrin, qu'il n'avait pas eu la force de vaincre, l'avait rendu misanthrope et malade. Le monde vient rarement chercher le misérable qui souffre, aussi le docteur Krempfeld était-il peu à peu tombé dans un délaissement complet des autres et un abandon entier de lui-même.

Il vivait misérablement, c'est-à-dire sans soin, sans ordre, sans propreté ni chez lui ni sur lui ; du pain et de l'eau lui suffisaient pour vivre et de vieux bouquins qu'il relisait et annotait sans cesse formaient l'unique nourriture de son esprit.

La chambre du malheureux était située tout au haut de la maison, et Christophe faillit être renversé par l'odeur fétide qui en sortit, quand le docteur eut entr'ouvert la porte.

— Mais il faut donner de l'air ici, monsieur, ou vous mourrez ! s'écria l'enfant en s'élançant vers la fenêtre, qu'il ouvrit rapidement.

Krempfeld le regardait faire d'un air stupéfait, car là seulement ne se bornait pas l'activité de Christophe, qui, ayant aperçu dans un coin un vieux grabat recouvert de couvertures à moitié pourries, secouait ces loques, relevait le contenu de la paillasse, enfin donnait une forme humaine au coucher du pauvre vieillard.

En ce moment, la cloche qui appelait les ouvriers au travail se fit entendre.

— Adieu, monsieur, je reviendrai à ma récréation du soir nettoyer un peu votre ménage, car il en a grand besoin, dit en bondissant vers la porte l'aimable enfant, qui sortit et sauta les marches de

3.

l'escalier pour ne pas perdre une minute du temps qui ne lui appartenait plus.

Comme il l'avait dit, il revint le soir, il retourna le lendemain; bref, il s'établit entre l'enfant et le vieux savant une affection qui eut pour le premier la plus heureuse influence, puisque ce fut à elle qu'il dut le brillant avenir qui l'attendait.

Krempfeld montra à Christophe non-seulement à lire, à écrire, à calculer, à dessiner, mais encore il lui apprit la botanique et la chimie, et comme cette intimité avait rendu au vieillard d'abord le courage, puis que la santé était revenue à sa suite, chaque jour de congé pour le jeune ouvrier, nos deux amis couraient au loin la campagne afin d'augmenter les richesses de leur herbier et faisaient aussi en chemin des expériences nouvelles.

A cette époque l'apprentissage de Christophe pour être teinturier était achevé, et avant de vouloir s'engager comme ouvrier, sur le conseil de Krempfeld, il demanda à son père l'autorisation d'entrer quelque temps encore comme apprenti dans une de ces manufactures de toiles peintes qui, depuis plus d'un siècle, sont la richesse de l'Alsace; car avec la science une juste ambition était descendue dans le cœur de notre héros.

Maître Oberkampf y consentit et Christophe se donna avec son aptitude et son intelligence ordinaire à son nouveau travail auquel il s'attacha d'une façon toute particulière, — il y découvrait une mine qui n'avait pas été encore exploitée, et il se promettait d'en être l'heureux possesseur.

Mais cette espérance si douce fut tout à coup assombrie par une profonde douleur. Son maître, son bienfaiteur, puisque c'était lui qui lui avait ouvert les trésors de la science, son second père enfin mourut subitement dans ses bras, au moment où tous deux faisaient les plus doux projets d'avenir, et cette perte cruelle ébranla durant un moment la résignation religieuse qui avait été versée dans son âme. Mais heureusement Dieu reprit promptement son empire sur ce cœur d'élite ; seulement, pour se distraire de sa douleur, Christophe voulut quitter le pays où il venait d'en être frappé. Dans la prévision de sa fin, Krempfeld avait laissé son petit ami héritier de ses faibles ressources, et Christophe ayant touché la modique somme d'une centaine de kreutzers, ce qui lui semblait une immense richesse, il se décida à se rendre à Paris, ville qui alors, de même qu'aujourd'hui, était regardée comme la porte qui ouvre le temple de la fortune. Notre héros avait alors dix-neuf ans.

Mais que la déception du pauvre garçon fut grande quand il arriva dans notre capitale! car le roi et la cour, qui alors était tout, ne l'habitaient pas.

C'était à Versailles qu'il fallait aller pour vivre sous les rayons du soleil; mais Versailles, ville riche et brillante à cette époque, ne recevait pour hôtes que les gens riches et brillants aussi.

Alors, comme terme moyen, notre héros loua une petite chaumière à Jouy, dans la vallée de la Bièvre, charmant petit village qui était encore pauvre et inconnu quoiqu'il ne fût situé qu'à 6 kilomètres de Versailles; et là, il dressa un métier, tissa, dessina, peignit une pièce de toile comme il l'avait créée dans ses rêves, décidé à rechercher ensuite une occasion favorable pour la mettre sous les yeux de madame de Pompadour, alors toute-puissante, non-seulement sur les affaires de l'État, mais encore sur les décisions de la mode.

Mais le travail s'acheva, le temps se passa et malgré toutes les tentatives que fit notre héros, il lui fut impossible de parvenir auprès de la noble dame.

Bien d'autres à sa place se fussent découragés, car ce n'était pas seulement les jours qui s'envolaient; mais c'étaient aussi ses faibles ressources qui s'épuisaient, et quoiqu'il vécût de si peu qu'il se donnait à peine son nécessaire, le moment vint où l'argent lui fit défaut.

Que fallait-il faire alors? abandonner la voie dans laquelle il était entré? mais c'était manquer de confiance envers Dieu, qui l'y avait conduit; pourtant continuer à y marcher sans moyens d'existence, c'était tenter l'impossible.

Alors Christophe, résigné comme doit l'être un cœur chrétien, s'offrit pour homme de peine dans une ferme du voisinage, demandant à travailler deux ou trois jours par semaine. Il fut admis, et sans fausse honte, sans hésitation aucune, il se mit à travailler à la terre comme les autres journaliers; puis, les jours qu'il avait gardés libres, vivant avec l'argent qu'il gagnait si laborieusement, il reprenait ses pinceaux et ses crayons, et créait de ces jolis dessins appelés à faire bientôt une révolution dans le royaume de la mode.

Une après-dînée que Christophe était ainsi occupé dans sa pauvre chaumière, il vit y entrer tout à coup un vieux monsieur richement vêtu, lequel, la figure toute bouleversée, lui intima l'ordre de venir au plus vite porter secours à une dame qui s'était laissé choir à quelques pas de son logis.

Oberkampf, jetant pinceaux et crayons, se leva

avec empressement et suivit l'étranger, qui le conduisit alors vers un tertre sur lequel une femme jeune encore et qui au premier aspect paraissait toute charmante, semblait plutôt assise que tombée.

— Voici, marquise, un jeune garçon dont les bras vous sembleront sans doute plus solides que les miens pour vous relever, dit-il, en présentant Christophe, qui se baissant aussitôt, chercha à soulever l'étrangère.

Mais un cri que celle-ci laissa échapper le fit renoncer à ce projet.

— Je crois vraiment que je me suis foulé le pied, dit celle qu'on venait d'appeler marquise, et il me sera impossible de me tenir debout ; pourtant, je ne peux pas rester ainsi en plein champ jusqu'à ce que des secours m'arrivent?

— Voulez-vous me permettre, madame, de vous porter dans ma modeste chaumière? lui demanda alors fort respectueusement Christophe, car si vous ne devez pas y être mieux que vous n'êtes ici, vous y serez seule au moins.

La noble dame consentit à cette proposition, et, pendant que notre jeune ami l'emportait avec soin et respect jusque chez lui, le monsieur qui l'accompagnait ayant donné l'ordre aux paysans de courir à Versailles chercher les équipages, ils attendirent patiemment les secours qui devaient leur arriver.

Ayant toujours remarqué que les applications réitérées d'eau fraîche suspendaient momentanément les douleurs causées par une chute ou un coup violent, Christophe avait obtenu de la belle marquise qu'elle voulût bien lui confier son pied malade sur lequel, en employant ce remède, il avait apporté un soulagement inattendu.

Quand elle se sentit mieux, la noble dame interrogea son jeune docteur, paraissant très-surprise de trouver chez un paysan autant d'intelligence, de savoir-faire et de politesse.

Christophe lui raconta alors toute sa simple histoire, mais quand elle en entendit la fin, la dame se prit à sourire.

— Et vous n'avez jamais pu arriver auprès de la marquise de Pompadour? demanda-t-elle, c'est donc une femme bien fière?

— Non, madame, c'est seulement une personne fort entourée qui n'a pas de temps à donner à ceux dont elle ignore l'existence, répondit-il doucement.

— Eh bien! que comptez-vous faire alors? reprit-elle en le regardant avec intérêt.

— Prier Dieu et attendre, madame, car Dieu aide toujours celui qui lui demande son appui avec la confiance de l'obtenir.

— Et vous avez raison d'avoir confiance puisque vous êtes de ceux que Dieu écoute, dit la dame avec émotion. Je suis la marquise de Pompadour.

Christophe, le cœur tout joyeux de cette rencontre étrange, montra alors à la marquise la pièce d'étoffe pour laquelle il sollicitait sa protection, et la noble dame resta surprise d'admiration devant un travail si frais, si coquet, si charmant enfin. C'était un petit semé de boutons de roses et de bluets que l'on eût dit à peine détachés de leur tige, tant les couleurs étaient brillantes et naturelles.

— Je prends cela pour moi, s'écria-t-elle, et je vous réponds du succès de votre œuvre, remettez-vous donc bien vite au travail, mon jeune protégé.

En effet, toutes les dames de la cour ayant voulu de ces toiles dont la marquise s'était fait faire une jolie robe du matin, et que l'on appela d'abord *toiles à la Pompadour*, Christophe dut bientôt prendre des ouvriers pour l'aider; et un jour, comme dans les contes de fées, la chaumière fut transformée en une belle et vaste fabrique qui peu à peu en arriva à donner du travail, c'est-à-dire de la vie, non-seument dans tout le village de Jouy mais encore dans tout le canton bientôt après. La noble marquise qui avait été la marraine de cette industrie étant morte, on appela alors *toiles de Jouy* ses produits et ce fut sous ce second nom qu'ils se répandirent dans le monde et furent un des grands commerce de l'époque.

Dans la prospérité, Oberkampf se montra ce qu'il avait été dans la lutte et la misère : « un homme selon le cœur de Dieu. » Il resta simple et bon ; il s'était fait le père, l'ami, non le maître des ouvriers, et comme il prêchait toujours d'exemple il était obéi.

Tout se faisait sous sa direction. Il avait pour précepte que l'œil du maître engraisse le cheval ; aussi les choses auxquelles il ne travaillait pas lui-même, il voulait toujours qu'elles lui fussent soumises avant d'être acceptées ; soins auxquels il dut la haute réputation à laquelle il s'éleva, car il fut un des plus grands industriels de son époque.

Pendant la terrible disette qui déchira la France, sous le règne de Louis XVI, Oberkampf montra à ses ouvriers un dévouement admirable ; ainsi grâce à lui, aucun d'eux ne souffrit trop fort de cette crise affreuse qui décima des villes tout entières, et voici comment il s'y prit :

Il avait donné ordre à ses ouvriers d'apporter chaque matin à la fabrique, et sans s'occuper de le faire cuire, tout ce qu'ils devaient manger dans la journée. Pour quelques-uns, c'étaient de pauvres légumes, pour d'autres, un petit morceau de lard rance ou des oignons, pour celui-ci, un débris de basse viande, pour celui-là, autre chose encore, et pour d'autres, rien trop souvent. On jetait tout cela pêle-mêle dans une énorme chaudière où il y avait de l'eau, du sel, et où Oberkampf faisait mettre toute la viande qu'il destinait à la nourriture de sa maison. Cette chaudière placée près du foyer constamment allumé pour la préparation des teintures, bouillait donc tout le jour et finissait par faire un excellent bouillon de ces choses qui, isolées, eussent pu servir à peu.

A l'heure du repas, chaque soir, tous les ouvriers recevaient à leur tour une énorme assiettée de cette soupe qui, grâce aux légumes qui s'y étaient écrasés et à un peu de riz et de pain qu'on y avait ajouté, quand la cuisson était presque faite, était devenue fort substantielle ; le reste et les débris étaient emportés par chacun, en parts égales.

C'était peu de chose, j'en conviens, pour servir de nourriture pendant tout un long jour à des hommes forts et qui travaillaient ; mais il y en avait tant qui manquaient de tout à cette triste époque, que ce fut seulement à l'aide des plus grands sacrifices qu'Oberkampf put réaliser cette bonne œuvre. Aussi il fut à juste droit regardé comme un des bienfaiteurs de l'humanité.

Louis XVI, qui se connaissait si bien en bonté, fut tellement reconnaissant pour la conduite dévouée du riche industriel, en ces horribles circonstances, que, comme récompense, il lui envoya des lettres de noblesse.

Vous le voyez, tous les biens du monde étaient venus à Oberkampf par suite de son travail et de sa bonne conduite. Pourtant il ne se montrait pas fier de ces priviléges et il resta vertueux dans la prospérité comme il l'avait été toujours ; aussi Dieu le protégea-t-il visiblement en lui faisant traverser sans revers la tourmente révolutionnaire qui renversa tout en France ; et avec le retour du calme sa fortune prit un nouvel élan encore.

Un jour, Napoléon, alors empereur, se promenant à pied dans les environs de Versailles avec le célèbre Chaptal, à cette époque ministre de l'intérieur, et qui n'était pas seulement un homme politique, mais encore un illustre savant, un grand chimiste ayant rendu d'importants services à la science ; l'empereur s'arrêta tout à coup et regardant autour de lui avec admiration :

— Que cette vallée de la Bièvre est belle !... exclama-t-il.

— Et riche aussi, sire, dit Chaptal en souriant, riche par le travail, par l'industrie qu'y a apporté un homme de bien.

— Vous aimez donc beaucoup Oberkampf, Chaptal ? fit l'empereur avec une certaine brusquerie qui lui était habituelle quand il interrogeait.

— Je l'estime et je l'admire, sire, répondit respectueusement le ministre.

— Alors, je veux le connaître plus particulièrement, dit Napoléon ; n'est-ce pas là-bas, dans cette belle et grande maison qu'il demeure ? Eh bien, allons-y, je me présenterai moi-même.

Et en effet, quelques instants après, l'empereur et le ministre entraient sans être annoncés dans la vaste salle où le laborieux industriel, entouré de sa famille et de ses principaux commis, était occupé à ordonner et à régler tout le travail de ses fabriques.

On compend la stupeur de tous devant cette visite inattendue, mais Oberkampf reprit promptement sa présence d'esprit et s'avançant respectueusement vers l'empereur :

— Votre Majesté est comme Dieu, dit-il, il ne dédaigne jamais même les plus humbles de ses enfants, et par sa présence il vient les encourager et les récompenser de leurs efforts.

L'empereur l'assura de sa bienveillance, voulut visiter la principale fabrique dans tous ses détails et fut tellement émerveillé de l'ordre et de l'activité admirable qni y régnaient qu'en félicitant l'industriel il lui dit :

— Je ne me contenterai pas de vous adresser des compliments, monsieur, et aux premières nominations que je ferai pour le Sénat, vous verrez que je sais mieux comment il faut récompenser votre mérite.

Alors Oberkampf, après s'être incliné profondément en entendant cette promesse de l'empereur, répondit avec respect :

— Sire, les paroles que vient de prononcer Votre Majesté sont toute la récompense que je demande à l'empereur, et jamais elles ne sortiront de mon cœur reconnaissant ; mais la dignité à laquelle Votre Majesté daigne songer à m'élever dans sa munificence impériale ne peut pas être pour moi, car elle me séparerait forcément de mes ouvriers dont elle ne me permettrait plus d'être l'égal, et sans moi, j'ai l'orgueil de croire, que tout péricliterait dans mon petit royaume.

Et Napoléon, qui admira autant la noble simplicité de cœur du laborieux indusiriel qu'il avait admiré la force et la puissance du travail à l'aide duquel il avait su arriver à un résultat aussi immense, quitta la fabrique en assurant Oberkampf qu'il conserverait pour lui la plus profonde estime.

Oberkampf vécut encore quelques années dans la prospérité et le bonheur ; il mourut en 1815 emportant avec lui les regrets et le respect de tous ceux qui l'avaient connu.

QUATRIÈME DIMANCHE

MICHEL BREZIN

SERRURIER

Né en 1758, mort en 1828.

Un jour, tandis que le régiment dans lequel j'étais chirurgien-major se trouvait en garnison à Versailles...

Et le major sourit en prononçant ces mots, car il savait combien ils caressait agréablement la curiosité de ses auditeurs.

Donc, pendant que j'étais à Versailles, continuât-il, j'allai un jour faire pédestrement une longue promenade à travers les bois qui séparent cette ville royale des délicieux villages de Ville-d'Avray, de Garche et de Marne-la-Coquette.

J'étais seul, je marchais en rêvant, mais comme rien n'est plus mauvais fantassin qu'un cavalier, je sentis bientôt que mes jambes voulaient me refuser leur service, et une petite pluie fine venant de commencer à tomber et rendant l'herbe trop humide pour que je pusse songer à m'y asseoir, je regardai autour de moi où je pourrais trouver un refuge, avec la même attention que mit le petit Poucet, quand il fut perdu dans le bois par ordre de son père.

Derrière de grands et beaux arbres je découvris une vaste maison bien située, bien bâtie et ayant un aspect des plus imposants, ce qui fit tressaillir mon cœur de joie.

— Un bâtiment semblable doit être la demeure de gens plus qu'à leur aise, me dis-je gaiement, ils ne refuseront donc pas l'hospitalité à un pauvre homme qui commence à être trempé jusqu'aux os et qui porte son passe-port sur son uniforme?...

Et tout en me parlant ainsi, je parcourais à grands pas une belle allée de grands ormes qui formaient l'avenue de ce que je croyais être un castel ou une fabrique, la pluie qui redoublait menaçant de devenir torrentielle.

J'arrivai donc tout essoufflé devant la grille, et quand je levai la tête pour y sonner, je restai tout stupéfait en y lisant ces mots, gravés en grosses lettres : Hospice BREZIN.

Et je me trouvai en présence d'une bonne sœur de charité qui, aussi trempée que moi, regagnait prestement son gîte ; car elle était de la maison, à ce que je vis.

Je la saluai respectueusement et j'allais lui parler quand elle répliqua vivement :

— Vous parlerez plus tard, mais venez avant tout vous reposer et vous sécher.

Et marchant à grands pas devant moi, elle me fit bientôt entrer dans une immense salle où la vue d'un bon feu et d'un grand fauteuil me fit aussitôt tressaillir d'aise.

Je m'installai dans le fauteuil, je m'étendis devant le feu, et tandis que la fille de Saint-Vincent-de-Paul trottait menu autour de moi, pour arranger des plantes, car nous étions dans l'herboristerie, et elle avait trop d'occupation pour songer à sécher ses vêtements trempés, j'entamai une conversation avec elle.

— Quel était donc ce monsieur Brezin qui a fondé cet hospice? lui demandai-je tout d'abord ; je n'en ai jamais entendu parler.

— Il a cependant fait assez de bruit dans le monde ! répondit en riant l'angélique créature dont la gaieté semblait le fond du caractère.

— Comment cela ! répliquai-je vivement.

— Mais par ses œuvres, me dit-elle, puisque c'est lui qui, sous la république et sous l'empire, fondait les canons qui répandaient la terreur et la mort partout.

4

— Ah bah ! fis-je tranquillement, ce n'était pas cependant un officier d'artillerie, que je sache?

— On n'a pas besoin d'être officier ni d'être général pour être habile, reprit-elle; puis venant s'asseoir sur un tabouret, devant le feu et près de moi, avec son petit tablier plein de fleurs médicinales, elle ajouta gaiement :

— Tenez, si vous voulez m'aider à séparer mes plantes, vous qui êtes de la partie, je vous raconterai, comme récompense, l'histoire du fondateur de cette maison, histoire qui est fort simple, c'est vrai, mais qu'il ne vous ennuiera pas d'entendre, pendant que vos habits vont reprendre leur chaleur ordinaire, et vos jambes chercher à retrouver leurs forces.

J'acceptai la proposition de la bonne sœur, et tandis que, selon son offre, je l'aidai à diviser ses simples suivant leur espèce, elle me racontait ce qui suit :

« Michel Brezin était le dernier des fils d'un ouvrier forgeron, et comme lorsqu'il arriva, toutes les places étaient déjà prises, car le ménage Brezin avait beaucoup d'enfants quand le pauvre Michel vint au monde, il fut reçu non-seulement avec chagrin mais encore avec humeur, et, voyez un peu la vilaine injustice, on le rendit responsable de sa naissance et tous les mauvais traitements furent pour lui.

» Comment il s'éleva? Le bon Dieu seul le sait, car ce fut lui qui le protégea certainement. Les voisines lui donnaient du pain, les voisins lui abandonnaient leurs vieilles nippes et son père lui donnait des coups. Pour sa mère, elle était morte peu de temps après sa naissance, sans cela il eût été moins malheureux ! Une mère n'abandonne jamais son enfant ainsi, elle, à moins que cette mère ne soit un monstre, et heureusement il y en a fort peu.

» Donc, le petit Michel poussait comme il pouvait, mangeait moins qu'il ne voulait et n'apprenait rien au monde ; quand un jour, il avait sept ans alors, son père lui déclara qu'il allait le placer comme petit apprenti chez un serrurier de la capitale.

— Or, vous savez aussi bien que moi, monsieur le docteur, interrompit la conteuse, qu'à cette époque, car je vous parle là du milieu du dernier siècle, puisque Michel Brézin était né en 1758, la serrurerie n'était pas autant en progrès qu'elle l'est depuis cinquante ans ; et que, si on n'en était plus à la *chevillette* et à la *bobinette,* que la mère-grand du petit *Chaperon rouge* conseillait à celui-ci de tirer pour entrer chez elle, on avait encore beaucoup à faire pour en arriver au point où nous sommes aujourd'hui.

» Pourtant, dans l'imagination du petit Brezin, le mot serrurier avait une signification aussi terrible que celui de sorcier dans l'esprit des innocentes paysannes qui ont la faiblesse de croire à ces sottises; ce qui fit que le pauvre enfant resta atterré quand il entendit son père prononcer ces terribles paroles.

» Il se crut perdu... Il pensa qu'on le livrait au démon; mais avec toute la résignation du malheureux condamné sans merci, il courba la tête et se disposa à obéir.

» Le lendemain donc, son petit cœur bien gros, le pauvre enfant se laissa conduire chez son patron par son redoutable père, absolument comme l'innocent mouton suit le boucher qui doit être son bourreau.

— Et il n'y avait en vérité pas de quoi avoir une si terrible peur, interrompit encore la religieuse, tout en me faisant remarquer d'abord que je mêlais les fleurs de mauve avec celles de violette; car continua-t-elle, c'est un fort bel état que celui de la serrurerie, qui compte beaucoup de noms illustres parmi ceux qui s'en occupèrent; quand ce ne serait d'abord que le bon roi Louis XVI, lequel ne connaissait pas de plaisir plus grand, pour se reposer un peu de la lourde charge de son gouvernement, que de se renfermer durant quelques heures dans un atelier qu'il avait fait établir dans un des coins du beau palais de Versailles, et là, de manier la lime, le marteau, absolument comme s'il eût été un ouvrier véritable. — Et voyez un peu, monsieur, fit-elle en éclatant de rire, comme pour accompagner cette longue parenthèse, jusqu'où le désir de plaire à un roi peut conduire un courtisan : les plus grands seigneurs se disputaient l'honneur de faire marcher le soufflet qui alimentait le feu de la forge de cet étrange serrurier, lequel s'amusait souvent à noircir les dentelles, les mains et la figure de ces aides si coquettement vêtus. — Il lui était bien permis de rire un peu, le pauvre homme ! lui qui était destiné à tant pleurer ! »

Après avoir achevé ces mots, la conteuse alla déposer ses simples dans les cases qui étaient destinées à leur famille, puis ayant de nouveau rempli son tablier d'autres fleurs, elle revint se mettre auprès de moi, en tournant le dos au feu.

« Donc, dit-elle en rentrant de plain-pied dans son récit, le petit Brezin fut placé comme apprenti, quand il n'était pas encore aussi haut que la botte d'un cavalier, et qu'il lui fallait réunir toutes ses forces pour soulever un marteau que vous feriez

marcher avec votre petit doigt. Mais heureusement
que le patron dont il avait eu si grande peur était
un excellent homme; aussi, loin d'abuser de lui, le
brave cœur le prit-il en pitié, et au lieu de le faire
travailler avec ses ouvriers, il l'envoya apprendre à
lire avec ses enfants.

» Le petit Brezin avait une âme pleine de tendresse, et comme jamais il n'avait trouvé occasion
d'en dépenser une bribe, le pauvret! il la répandit
tout entière, et sur son maître et sur sa famille, aussi
comme pour les bonnes âmes l'amitié attire l'amitié, Michel se vit bientôt adopté ainsi qu'un enfant
de plus par ses protecteurs.

» Alors son intelligence engourdie par la souffrance se réveilla dans le bonheur; il apprit à lire,
à écrire, à calculer, à dessiner, avec une rapidité
qui tenait du prodige; et il n'avait pas douze ans
encore qu'il s'était fait le répétiteur de ses frères
et sœurs adoptifs bien plus âgés que lui pourtant,
et qui de plus avaient commencé avant lui leurs
leçons.

» Mais, hélas! ce succès, qui aurait dû réjouir le
cœur de ses protecteurs, le blessa au contraire,
tant la nature humaine est mauvaise; ainsi la mère
devint jalouse de voir qu'un autre enfant était
mieux doué que les siens; elle brutalisa Michel, le

força à s'éloigner de la famille par ses tracasseries ; et quand une fois elle eut atteint ce but, elle persuada à son mari, qui était bon sans doute, mais faible, que Michel était un orgueilleux, un ingrat, bref un être dangereux qu'il fallait renvoyer au plus vite de l'atelier.

» Voici donc le pauvre Brezin sur le pavé ; il avait quatorze ans ; mais comme alors aussi il était grand et fort, que de plus il se sentait soutenu par une vive intelligence, par une ardeur extrême pour le travail, et par un courage sans bornes ; avec une fermeté de caractère bien au-dessus de son âge, il se décida, non à rentrer à la maison paternelle ni à solliciter la protection de personne, mais à commencer son tour de France en demandant du travail dans toutes les villes importantes par lesquelles il passerait.

» Léger de cœur et d'esprit, son petit bagage attaché sur son dos comme les fantassins portent leur sac, voici donc notre héros qui, un gros bâton à la main, se mit gaiement en route pour courir le monde.

» Mais il serait trop long de vous dire tous les incidents qui vinrent égayer ou assombrir ce voyage pendant plus de quatre ans qu'il dura ; il vous suffira de savoir qu'ayant été à même de prouver son intelligence et son savoir à un grand seigneur, ami du duc de Richelieu alors gouverneur de la Guyenne, ce grand seigneur le recommanda si bien au vainqueur de Mahon, que celui-ci le nomma mécanicien à la monnaie de Bordeaux.

» C'était là, n'est-ce pas? une bien belle position pour un jeune homme de dix-neuf ans. Aussi Brezin se crut-il arrivé au comble de la fortune ; et comme son cœur était vraiment bon, il sentit en sortir une vive reconnaissance pour son premier patron de Paris, à qui, en définitive, il devait ce qu'il avait, puisque c'était grâce à l'éducation qu'il en avait reçue qu'il était parvenu ainsi ; aussi oubliant toutes les misérables choses qui avaient amené leur séparation, il lui écrivit une lettre toute remplie d'affection et de respect.

» La réponse se fit longtemps attendre ; puis, au moment où Michel désespérait d'en recevoir, une lettre lui arriva, lettre toute remplie de douleur et de deuil ; son patron lui racontait que la mort lui avait enlevé et sa femme et son fils aîné ; que de plus, son fils cadet, qui devrait être sa consolation, entraîné par de mauvaises connaissances, menaçait de mal tourner ; enfin que le malheur était descendu sur la maison dont il était parti, lui Michel, comme pour les punir eux de l'avoir chassé injustement.

» Michel répondit par des regrets sincères et un

pardon généreux ; enfin une correspondance s'établit entre ces deux hommes, si bien qu'un beau
jour Brezin reçut de son ancien patron une proposition étrange.

» Celui-ci disait à Michel de quitter Bordeaux
pour revenir à Paris, afin d'épouser sa fille ; — qu'il
se sentait vieux, et qu'il lui céderait, comme dot de
Marie, son fonds de serrurerie ainsi que la continua-
tion de ses affaires qui étaient en fort bonne position.

» Venue de tout autre, cette proposition eût été
rejetée ; car Michel se trouvait à Bordeaux dans
une position brillante ; mais il l'accepta pensant
pouvoir payer ainsi sa dette de reconnaissance à
son bienfaiteur ; et, comme Dieu enregistre toujours nos bonnes actions dans le ciel pour nous en
envoyer un jour la récompense, peu après son retour dans la capitale une circonstance imprévue
le fit nommer mécanicien en chef de la Monnaie
de Paris, place qu'il remplissait à Bordeaux quand
il en était parti.

» Mais il n'exerça pas longtemps cette fonction ;
car avec sa nature ardente et travailleuse, ne pouvant s'accommoder des entraves incessantes que la
routine opposait au perfectionnement qu'il voulait
apporter, il donna sa démission.

» La révolution éclata peu après sa sortie de la

4.

Monnaie. Alors Brezin avec son intelligence vive, comprenant qu'en ce moment la France avait bien plus besoin d'armes que d'argent, au lieu de chercher à rentrer à la Monnaie, ce qui lui eût été possible grâce aux amis qu'il avait parmi les républicains, il se fit fondeur de canons.

— Vous comprenez, monsieur, s'il eut de l'occupation dans ce temps-là et dans les années qui le suivirent!... fit en soupirant la bonne sœur; aussi comme il ne resta jamais en arrière des commandes, le gouvernement d'alors, qui aimait à encourager les hommes actifs et intelligents, lui confia la direction de la fonderie de l'Arsenal.

» De ce moment, la fortune de Brezin fut faite; mais, comme il ne se contentait pas de travailler pour de l'argent et qu'il voulait encore de la gloire, il travailla si bien et fit tant de recherches, que non-seulement il était fondeur de canons, mais encore qu'il perfectionna ces bouches de mort et pratiquait sur eux le forage et le ciselage extérieur par un procédé de son invention.

» Invention qui lui mérita les éloges de Napoléon Ier; et, à la suite de ces éloges, l'empereur lui donna la croix dont il était fort avare, sans doute pour en augmenter le prix!

» Tout cela faisait que Brezin vivait parfaitement

heureux quand les événements de 1814 et de 1815 arrivèrent. Pensant alors que les canons avaient fait leur temps et lui aussi, car il n'était plus jeune, il réalisa sa fortune qui était considérable, et voulut se retirer à la campagne pour y passer dans le repos les dernières années de sa vie.

» Ce fut alors qu'il acheta la grande maison dans laquelle nous sommes ici, maison qui était une habitation complétement de luxe; mais veuf, sans enfants, sans parents proches, Brezin, au lieu de s'abandonner à la paresse, s'occupa à encourager et à soutenir les jeunes ouvriers qui montraient le désir d'arriver et des dispositions honnêtes; de plus, il donnait asile à de vieux ouvriers rendus incapables de travailler par les infirmités ou par l'âge; enfin il ne pensait qu'à répandre le bien autour de lui et quand il sentit venir la mort, au milieu de janvier 1828, suivant l'exemple d'un grand roi qui a fondé les Invalides militaires, Brezin voulut fonder les Invalides des ouvriers; il légua toute sa fortune aux hospices à la condition d'établir, dans sa maison même, un lieu de retraite et de repos pour des vieillards de la classe ouvrière, dont la profession ait eu un rapport quelconque avec celle qui avait fait sa réputation et sa fortune. »

— Et comme vous voyez, monsieur, les intentions du pieux fondateur ont été remplies; mais, ajouta-t-elle en se levant, voici le beau temps revenu, vos habits sont secs, je pense que vous serez bien aise de quitter cette triste demeure, d'autant plus que vous n'avez aucun droit d'y rester, fit-elle avec son gai sourire, puisque vous faites une opposition formelle au canon; car s'il tue, vous sauvez, je suppose...

— Je fais de mon mieux, ma sœur! répondis-je en riant comme elle; et, après avoir jeté quelque menue monnaie dans le tronc des pauvres, je la saluai et repris les bois pour retourner à Versailles; mais j'étais alors bien plus songeur et moins alerte.

CHARLES BOULE

ÉBÉNISTE

Né en 1669, mort en 1732.

— Eh bien! non, je ne veux pas être un ouvrier!...
je vous le dis en cent, je vous le répète en mille!...
criait un petit garçon d'une douzaine d'années qui,
les poings fermés, les joues rouges et les yeux brillants, semblait livré à un violent accès de colère,
tandis qu'un prêtre à l'aspect vénérable employait
tous ses efforts sans parvenir à le calmer.

— Mais, mon petit ami, disait d'une voix douce
l'homme de Dieu, vous vous laissez emporter par
l'orgueil en parlant ainsi, et c'est bien certainement
le démon qui vous souffle ces paroles. Être ouvrier
n'est point une honte! bien au contraire, quand on
fait dignement son devoir!... Est-ce que monsieur
votre père n'est point un homme honorable et ho-
noré; eh bien! qu'est-il de plus qu'un ouvrier, s'il
vous plaît? Pourquoi donc vouloir devenir plus que
son père?

Les yeux de l'enfant lancèrent des éclairs.

— Parce que mon père sans doute ne portait pas en lui ce que je sens en moi, s'écria-t-il, l'amour du beau, l'amour du grand, la certitude d'arriver à rendre mon nom illustre un jour.

— Vous portez en vous deux grands ennemis du bonheur de l'homme, mon pauvre Charles, passions cruelles qui s'appellent l'ambition et l'orgueil, interrompit tristement le bon abbé et, ne voulant pas devenir ouvrier, maintenant que, grâce à moi, vous avez commencé à ébaucher une éducation que nous achèverons si vous en restez digne, dites-moi quels sont les projets que vous faites éclore dans votre légère cervelle, et qui flattent assez votre vanité pour vous montrer un bel avenir.

— Je veux être peintre, s'écria l'enfant.

L'honnête abbé secoua la tête avec mécontentement.

— C'est moins glorieux de devenir un mauvais peintre qu'un bon ébéniste, dit-il sévèrement.

— Ébéniste!... répéta le petit Charles avec dédain.

— Ne faites pas fi de cette profession, mon fils, reprit vivement le prêtre; elle est plus qu'un état, c'est un art qui a acquis le droit de noblesse par son antiquité, car il est presque aussi vieux que le monde. D'abord, je ne sais s'il fut inventé en Asie,

mais tout au moins il y fut pratiqué, puis, il passa
en Grèce, lors des conquêtes d'Alexandre; de la
Grèce il gagna l'Italie, et, au moment où l'empire
romain était dans toute sa gloire, l'ébénisterie at-
teignit à un degré de beauté dont nous n'avons
pas même l'idée aujourd'hui. Après l'invasion des
barbares du Nord, cet art disparut si complétement
que, pendant longtemps, on le croyait perdu.
Au quinzième siècle, il se montra de nouveau,
sous une autre forme, et augmenta les splen-
deurs du Vatican par des travaux superbes que
d'habiles ouvriers en ébénisterie exécutèrent dans
cette demeure pontificale; travaux dont la renommée retentit dans toutes les autres contrées d'Europe où on ne se servait que de meubles grossiers
et communs. Beaucoup de grands personnages
firent le voyage de Rome tout exprès pour aller admirer ces merveilles. Mais durant longtemps on se
contentait de les admirer sans oser chercher à les
imiter, quand enfin le roi François Ier en prit
l'initiative. Il fit venir des ouvriers d'Italie, les plaça
sous sa royale protection et l'art de l'ébénisterie
fut établi en France.

— Vous voyez, Charles, interrompit l'abbé, qu'il
n'y a pas de honte à embrasser une profession si
ancienne et si bien patronée à sa souche; tandis

qu'il pourrait y avoir beaucoup d'honneur et de
gloire pour celui qui parviendrait à la perfectionner
encore ; car, malheureusement pour la France, les
Anglais ont conquis le premier rang en ce genre et
le gardent...

Le jeune Boule, qui avait écouté attentivement
ce que venait de dire le prêtre sur l'ébénisterie,
tressaillit en entendant ces dernières paroles.

— Et vous croyez, s'écria-t-il, qu'on peut arriver
à la gloire, aux honneurs, si on parvient à mieux
faire que les Anglais.

L'abbé, qui s'aperçut avoir touché la corde sen-
sible, s'empressa d'y appuyer fortement.

— Comment? si on pourrait atteindre aux honneurs et à la gloire! exclama-t-il, mais à la noblesse
aussi ; notre grand roi n'a-t-il pas anobli Le Nôtre,
un jardinier? Pourquoi n'en ferait-il pas autant pour
un ébéniste qui battrait les Anglais à sa manière,
c'est-à-dire en leur enlevant la palme du beau ?

L'enfant se prit à sourire d'une singulière façon :

— Eh bien ! j'y tâcherai ! dit-il avec résolution,
et je mourrai si je ne peux pas y parvenir...

Le prêtre effrayé du feu sombre qui éclaira la
figure du petit ouvrier, quand il avait prononcé ces
mots, voulut le raisonner encore, mais l'obstiné
enfant se refusa à rien entendre.

— Vous vouliez que je vous promisse d'être un ébéniste, je vous l'ai promis formellement, dit-il, que pouvez-vous désirer de plus?... rien, j'espère, car cela outrepasserait vos droits. Eh bien donc! laissez-moi partir, et au revoir, monsieur l'abbé.

En achevant ces paroles, le jeune Charles fit un bond vers la porte, l'ouvrit brusquement et disparut.

Ainsi qu'il l'avait promis à son maître, lequel ayant découvert en lui tant d'intelligence et de désir d'apprendre s'était fait affectueusement et gratuitement son instituteur, le jeune Boule, dont le père était un honnête mais pauvre ouvrier de la cité, entra comme apprenti dans une grande maison d'ébénisterie du faubourg Saint-Antoine. Là il travaillait consciencieusement, mais il y était fort malheureux aussi; naturellement orgueilleux et ambitieux, il rougissait de sa position, ce qui lui faisait traiter avec mépris, non-seulement ses camarades, mais même les ouvriers qui étaient placés au-dessus de lui, il en était arrivé à se faire détester de tous; aussi n'était-il sortes de misères et de tourments qu'on n'inventât chaque jour pour lui rendre la vie insupportable et lui faire déserter l'atelier.

Charles accepta toutes ces tracasseries avec un

stoïcisme si admirable que les tourmenteurs furent désarmés malgré eux en voyant leur impuis-
sance à l'atteindre, et ce fut sinon la paix, au moins
une trêve qui parut tacitement conclue entre la
victime et les bourreaux ; tout en réservant chacun, les uns leur haine, Charles, son mépris.

N'ayant ni amis ni camarades, notre jeune héros
ne se livrait à aucun plaisir, le travail devint
l'unique pensée de sa vie ; mais cette vie d'applica-
tion constante augmenta encore l'âcreté de son caractère et influa sur sa santé qui resta frêle et débile.

L'honnête abbé que nous avons vu instruire le
jeune Boule avait fort heureusement fait germer dans
le cœur de l'enfant la crainte et l'amour de Dieu,
ce qui contrebalança un peu l'influence terrible que
le démon de l'orgueil aurait pu prendre sur cette
jeune âme. Chaque dimanche Charles allait entendre pieusement la messe pour demander à
« notre Père, qui est au ciel » de le délivrer de sa
triste condition et de ne pas permettre qu'il vive
et meure ouvrier comme ses camarades.

Ce qui est demandé à Dieu du fond du cœur
nous est presque toujours accordé : un incident
imprévu vint montrer au jeune ouvrier la route
brillante que lui réservait l'avenir, avenir bien
lointain et bien voilé encore !

L'ébéniste Boudin, qui travaillait ordinairement au château de Versailles, étant tombé malade, on appela, pour le remplacer, le maître de Charles et on lui ordonna de réparer quelques·uns des meubles des petits appartements du roi. Ce fut le jeune Boule, comme le plus intelligent et le plus laborieux de ses ouvriers, qui fut choisi pour accompagner son patron.

Vous devez penser quels yeux ouvrit l'ambitieux enfant quand il se vit admis enfin dans ce séjour de la grandeur et de la puissance! Quand il put admirer de près·ces grands seigneurs tout chamarrés de décorations et d'or, ces belles dames toutes couvertes de dentelles et de satin, ce roi puissant que l'Europe redoutait! il crut avoir quitté ce monde et être monté dans le séjour des élus; enfin il faillit en perdre la tête. — Quand il lui fallut quitter Versailles, à la suite de son maître, il se jura d'y rentrer ou de mourir.

A dater de ce moment, il redoubla de travail encore, non chez son maître pour y confectionner les meubles grossiers dont on se servait alors; mais dans sa mansarde où il cherchait à exécuter des merveilles semblables à celles qu'il avait vues dans le palais du roi et à les surpasser même, si cela lui était possible, c'est-à-dire de rendre en

nature ce que sa brillante imagination, si fort
exaltée alors, lui montrait en rêve. Pour cela, il
se fit tour à tour dessinateur, peintre, sculpteur,
mosaïste; puis, à l'aide de tous ces talents et se pri-
vant même des choses les plus nécessaires à la vie
pour employer son argent à l'achat des matériaux
dont il avait besoin pour son entreprise, il confectionna, en miniature, plusieurs petits meubles
d'une variété charmante et d'un modèle tout nouveau. — Quand il se fut bien complu dans l'admiration de ces chefs-d'œuvre qu'il venait de créer,
il songea à en faire l'échelon de sa fortune. Mais
qui devait l'aider à en construire l'échelle? à lui,
pauvre, humble et inconnu de tous.

Une inspiration de Dieu lui fit songer à celui
qui avait été son instituteur et que depuis bien
longtemps il avait oublié, l'ingrat! Il se rendit donc
un matin chez celui-ci, afin de lui montrer son
joli travail.

Le digne prêtre, qui ne conservait nulle rancune en son âme, le reçut avec toutes les marques
de la plus vive amitié, et quand Charles lui montra son travail, il poussa des exclamations sincères
d'admiration et de surprise; tant ces incrustations
d'ivoire, de cuivre, de nacre et de bois de diverses
nuances, qui représentaient des fleurs, des fruits.

des animaux et même des personnages, lui semblaient une chose merveilleuse et étrange.

— Comment c'est vous! Charles, qui avez fait cela,
c'est vous tout seul qui l'avez imaginé, s'écriait-il
en se frottant joyeusement les mains, comme s'il
devait partager la gloire de son élève ; mais savez-
vous que c'est beau, très-beau!... plus que beau
même, tout cela! et que vous tenez enfin la fortune
que vous avez rêvée jadis.

Charles secoua tristement la tête en disant d'une
voix acerbe :

— Et qui connaîtra jamais ce travail, si ce n'est
vous, mon maître? Qui s'intéressera à un pauvre
ouvrier... à un misérable... à un ver de terre qu'on
peut écraser sans piété, mais qu'on n'élève jamais
jusqu'à soi, pas même pour s'assurer s'il est digne
de vivre ?

— Chut! ne blasphémez pas, mon fils, si vous
voulez obtenir la protection de Celui qui soutient
les humbles et repousse les superbes, interrompit le
prêtre avec sévérité, inclinez-vous plutôt et remer-
ciez Dieu qui vous a conduit vers moi, car tout pauvre, tout humble, tout misérable que je sois aussi,
j'espère parvenir à faire mettre votre chef-d'œuvre
sous les yeux du roi...

— Sous les yeux du roi ! s'écria le jeune ouvrier,

la figure illuminée par l'orgueil et la joie; mais comment cela, mon père ?

— Comment cela? eh bien, par une protection toute-puissante, par celle de madame la marquise de Maintenon, à laquelle j'ai rendu un service autrefois et que j'irai voir à votre intention, pas plus tard qu'aujourd'hui encore !...

Le jeune ouvrier devint tout songeur.

— Mais si elle a oublié ce service ou, ce qui serait bien pis encore, si elle en rougissait maintenant qu'elle est devenue une grande dame; enfin, si elle refuse de vous recevoir ? murmura-t-il !

— Il faut toujours faire la part du bon Dieu dans toutes choses, mon enfant, dit le prêtre d'une voix pleine de douceur, priez-le donc avec confiance et, lui aidant, nous arriverons, j'espère, à obtenir la récompense que vous méritent votre courage et votre travail.

Alors, bien réconforté par ces bonnes paroles, Charles retourna tout rêveur à son atelier, tandis que son protecteur, couvert de ses humbles habits, les plus propres, gagnait pédestrement Versailles où il eut, en effet, quelque peine à parvenir jusqu'à la puissante marquise qu'il voulait voir; mais il y arriva enfin et revint le cœur tout joyeux à Paris, puisqu'il emportait la promesse formelle que le joli travail de son protégé, travail que madame de Maintenon avait fort admiré à son tour, serait mis sous les yeux du roi quand l'occasion s'en présenterait.

On comprend la joie de Boule quand il apprit cette nouvelle; il ne rêva plus qu'honneurs, palais, richesse, grandeur; mais hélas, les jours succédèrent aux jours et les mois aux semaines sans que le pauvre garçon vît rien venir! Aussi commençait-il à s'abandonner au désespoir quand un jour enfin il fut demandé en toute hâte à Versailles. Voici à quelle occasion :

Madame de Maintenon avait eu bien formellement l'intention de montrer le meuble de Boule au roi quand elle en trouverait le moment propice et il l'était fort peu alors; car le roi Louis XIV, très-occupé de la guerre qu'il allait soutenir contre les Pays-Bas, ne pensait en aucune sorte ni aux objets d'art, ni aux ameublements. — Il serait donc maladroit, se disait la marquise, de chercher à le ramener sur ce chapitre; puis, elle oublia elle-même complétement le petit chef-d'œuvre qu'elle avait fait serrer précieusement dans une de ses armoires où il fût demeuré enterré, sans doute, si un caprice du roi ne fût pas venu l'en faire sortir avec éclat.

Louis XIV eut la fantaisie de faire changer l'a-

meublement d'un de ses appartements ; à cet effet,
il voulut consulter madame de Maintenon dont il
connaissait le bon goût parfait. Cette dame parla
alors de Boule au roi, vanta son adresse, lui montra son travail et ce fut à la suite de cela que le
jeune ouvrier fut appelé dans le palais où il s'était
promis de rentrer ou de mourir. — On le présenta
au roi.

A son aspect pauvre, frêle, et presque honteux,
Louis XIV crut qu'il y avait méprise.

— Est-ce donc vous qui avez fait cela ? dit-il en
montrant à Boule un de ses petits meubles placé
sur une table près de lui.

— Oui, sire, répondit l'ouvrier, en s'inclinant
profondément.

— Vous ! tout seul, demanda encore le roi.

— Moi... tout seul !... sire continua de même
Charles, dans sa réponse.

Louis XIV se sentit un moment indécis, puis
paraissant tout à coup avoir pris son parti :

— C'est bien, dit-il, on vous donnera tout l'argent dont vous aurez besoin ; mais je veux des chef-
d'œuvre comme votre échantillon, vous m'enten-
dez, je le veux...

Et après avoir prononcé ces derniers mots, le
roi lui ayant fait signe de se retirer, Boule s'éloi-

gna emportant dans le cœur une joie si grande qu'il lui semblait que le ciel était ouvert sur sa tête pour célébrer son triomphe, comme à un de ses élus.

Il triompha en effet, le courageux ouvrier, car les meubles qu'il présenta au roi étant encore bien plus beaux que son essai ne pouvait le faire pressentir, non-seulement Louis XIV lui en témoigna sa surprise et son admiration, mais de plus il le combla de richesses et d'honneurs, puis l'ayant attaché à sa maison, il lui donna un appartement au Louvre.

Comme tous les princes et les seigneurs se disputaient à l'envi le travail de cet homme jusque-là ignoré, Boule, transformé par le succès, établit de grands ateliers d'ébénisterie et se montra le père de ses ouvriers dont il avait gémi d'être l'égal; aussi, avec leur aide, créa-t-il une foule de chefs-d'œuvre qui sont devenus sans prix aujourd'hui.

Dieu le protégea durant sa longue carrière, car il vécut encore près d'un demi-siècle sans être abandonné ni par la renommée, ni par la fortune; il mourut dans le Seigneur, dans l'année 1732, en laissant son nom immortel.

5

LOUIS BRÉGUET

OUVRIER HORLOGER

Né en 1747, mort en 1823.

En 1747, dans une humble et modeste maison de Neuchâtel, un enfant venait de naître. La famille, française d'origine, à laquelle il était ainsi envoyé par le ciel, avait dû quitter sa patrie aimée après la révocation de l'édit de Nantes, parce qu'elle professait la religion calviniste.

Le père du nouveau-né, ouvrier mécanicien, homme courageux autant qu'habile, gagnait honorablement sa vie par son travail quotidien et pouvait ainsi donner une certaine aisance à sa femme et à ses enfants ; aussi, l'arrivée du nouveau-venu fut-elle une fête pour tous.

— Nous chercherons à faire de ce cher poupon quelque chose de grand, n'est-ce pas, Jean ? dit la tendre mère en jetant un regard d'orgueil sur son mari, tout en embrassant avec amour le petit en-

fant dont les vagissements répondaient à ses ca-
resses.

— Nous nous efforcerons avant tout d'en faire
un honnête homme, répondit Jean Bréguet d'une
voix grave.

— Certainement, mon ami, nous devons avant
tout, comme vous dites, en faire un homme qui
vous ressemble, Jean, reprit doucement l'heureuse
mère, mais cela ne nous empêchera pas, bien au
contraire, de lui donner un jour une profession
élevée, afin qu'il devienne un personnage et nous
fasse honneur.

L'austère mécanicien regarda sa femme d'un air
mécontent.

— Chassez de votre cœur, dit-il gravement, tous
ces désirs créés par la vanité mondaine et non dictés par la tendresse qu'une femme, suivant les conseils donnés par les Saintes Écritures, doit porter
à son enfant, Ketle. Mon petit Louis sera un brave
ouvrier comme son père, rien de plus; et, croyez-
le bien, cela vaut mieux pour tous; pour vous et
pour moi d'abord dont il ne rougira jamais, et pour
lui aussi, l'enfant, car la vie est pleine d'embûches
et moins on est haut placé, moins l'esprit du mal
vous recherche.

Comme maître Bréguet venait de s'éloigner

après avoir prononcé ces paroles, sachant bien,
qu'en femme soumise, Kelle ne se permettrait d'y
faire aucune réplique, celle-ci poussa un profond
soupir, replaça l'enfant dans son berceau et s'endormit bientôt profondément, sans doute pour voir
en rêve le nouveau-né, devenu grand, et alors bailly
ou capitaine.

Mais, comme la vie n'est point un songe, quand
il devint grand, celui dont un jour les découver-
tes devaient le plus honorer l'histoire de l'horlogerie à notre époque, celui qui devint l'horloger des gouvernements et des rois, commença
par être apprenti mécanicien dans la maison où
travaillait son père. C'était un fort mauvais apprenti, encore! il était paresseux, flâneur et indiscipliné au possible. Aussi, vaincu par les prières
de sa femme, Jean Bréguet voyant qu'il n'en pouvait rien faire à l'atelier, consentit à le placer au
collège de Lausanne espérant que la discipline qui
régnait dans cet établissement parviendrait à vaincre les mauvais penchants de son fils; et il n'eut
pas le temps de voir qu'il avait caressé une espérance vaine, car la mort l'enleva brusquement,
en quelques heures, à sa famille éplorée, fort peu
de temps après l'entrée de Louis dans cette maison.

Comme avec Jean Bréguet l'aisance quittait la

pauvre veuve et ses enfants, Ketle fut obligée, à son grand regret, de retirer Louis du collége ; elle avait toujours caressé sourdement l'espérance d'un brillant avenir pour ce dernier de ses fils et maintenant il lui fallait forcément en faire un ouvrier comme l'avait décidé son père.

Une longue année se passa tristement et misérablement pour la famille de notre héros et pour lui-même ; mais au bout de ce temps, la veuve de Jean Bréguet s'étant remariée à un horloger du pays, l'aisance reparut dans la maison. Seulement, elle n'osa pas demander que Louis rentrât au collége et le beau-père qui avait voulu prendre la direction de l'enfant, en fit tout naturellement un ouvrier horloger comme il l'était lui-même.

Le pauvre Louis, qui craignait son beau-père, se soumit sans mot dire ; mais il resta en ses mains ce qu'il avait été chez le mécanicien et au collége, c'est-à-dire un paresseux et un propre à rien. Le beau-père, furieux, s'emporta, cria, le frappa même, mais cela en vain. Alors, doutant de l'intelligence de cet enfant, et voulant s'en débarrasser à tout prix, sans scandale toutefois et sans déchirements pour la pauvre Ketle qui, malgré la venue en ce monde d'un autre garçon, avait conservé pour Louis une prédilection toute particulière, il se décida à l'emmener avec lui en France, où l'appelaient les affaires de la maison pour laquelle il travaillait, et de le placer apprenti soit à Paris, soit dans ses environs.

En effet, il décida un horloger de Versailles à le prendre chez lui.

Le pauvre Louis, exilé ainsi, pleura longtemps sa mère et le pays où il avait vu le jour; mais, peu à peu, il se consola, et ayant trouvé dans son patron un homme d'intelligence et de cœur qui, au lieu de le brutaliser, cherchait à se l'attacher par des bontés et des soins, il prit à tâche de satisfaire ce brave homme, et, pour lui témoigner sa reconnaissance, il travailla du mieux qu'il put. Ce travail d'abord lui fut pénible; mais bientôt il s'y attacha si vivement qu'il parvint à secouer enfin la torpeur de son intelligence qui, bien que lente à s'éveiller, n'en portait pas moins en elle ce feu sacré du génie que Dieu donne à ses élus.

Quand le temps de son apprentissage fut terminé, le patron du jeune Bréguet lui exprima tout le regret qu'il éprouvait de le perdre; mais au lieu de recevoir ses adieux, Louis lui répondit vivement :

— Nous ne nous séparons pas encore, mon cher maître; car, suivant mon compte, je vous dois toujours six mois, puisque, à mon arrivée chez vous, je suis resté six mois sans y rien faire.

— Tu exagères le devoir, mon enfant, s'écria l'honnête horloger tout attendri ; ton beau-père a fait un traité de trois ans avec moi pour que je t'apprenne mon état ; tu le sais ; ces trois ans sont écoulés, donc ton apprentissage est fini et tu es libre de retourner dans ton pays où tu amèneras un bon horloger, je m'en flatte !

— Je ne sais pas le traité que vous avez fait avec mon beau-père, répliqua Louis gravement, mais j'en ai fait un avec ma conscience, c'est de vous rendre le temps que je vous ai perdu et je le tiendrai, quoi que vous en disiez.

Pour toute réponse le brave homme tendit ses bras à l'honnête enfant et celui-ci s'y étant jeté, il le couvrit de baisers et de larmes en l'appelant son fils bien-aimé, et lui promettant de conserver toute sa vie une profonde reconnaissance pour une conduite aussi rare et aussi belle.

Le moment se présenta plus tôt qu'ils ne le pensaient tous les deux, pour que le bon horloger pût payer la dette de cœur qu'il venait de contracter avec son jeune élève : la mère de Louis mourut peu après, et le jeune homme, resté orphelin avec une sœur sur les bras, fut trop heureux de

trouver dans son patron un ami et un père, géné-
rosité dont Bréguet ne voulait pas abuser pourtant,
l'honnête homme étant peu riche; aussi, décidé
à ne plus retourner en Suisse où rien ne l'appelait,
puisque sa mère n'y était plus, et ayant le désir de
rester en France, sa vraie patrie, Louis alla se loger à Paris dans un appartement fort modeste.

Voilà donc notre jeune ouvrier à la tête d'un
petit ménage, puisque sa sœur est venue demeurer
avec lui; mais il est à la hauteur de sa tâche, le
brave cœur! ce n'est plus le Louis d'autrefois:
le paresseux, le flâneur, l'indiscipliné a disparu;
celui qui le remplace est un garçon plein de courage et d'ardeur, travaillant le jour, travaillant
la nuit, travaillant toujours; car maintenant, il
semble que l'âme de sa mère lui ait transmis ses
désirs ambitieux, puisqu'il ne rêve que gloire
dans l'avenir. Aussi, le présent est-il entièrement
sacrifié par lui à cette respectable chimère; et,
comme il sait que la science seule peut le conduire
au but qu'il veut atteindre, Louis trouve encore le
moyen de suivre régulièrement les cours de mathé-
matiques que l'abbé Marie faisait alors au collége
Mazarin.

Ce professeur, qui était non-seulement un
homme de talent, mais encore un homme de cœur,

découvrit bientôt le jeune ouvrier au milieu de ses élèves; il s'y intéressa, l'appela près de lui, et, malgré la différence de leur religion, en fit son protégé. Cette noble et généreuse action porta bonheur au vénérable abbé Marie : Bréguet, qui avait déjà fondé l'établissement d'horlogerie destiné à produire tant de chefs-d'œuvre en ce genre, le sauva quand la tourmente révolutionnaire étant venue à souffler sur notre malheureux pays, les prêtres durent fuir la France pour soustraire leur tête à l'échafaud.

Ce fut au péril même de sa vie que notre jeune ouvrier paya la dette de reconnaissance qu'il avait contractée envers son ancien professeur, en lui donnant asile dans sa maison et en lui procurant les moyens de fuir.

Bréguet recula les bornes de son art; par son travail il rendit l'horlogerie française aussi célèbre que l'était l'horlogerie anglaise, la première du monde jusque-là. Il est vrai que, pour atteindre ce but, il avait dû passer quelque temps en Angleterre où les affaires du temps le conduisirent malgré lui : Quoiqu'il demeurât complétement étranger à la politique, des ennemis, des envieux l'ayant dénoncé comme suspect pour avoir sauvé l'abbé Marie, il fut forcé de fuir à son tour, ayant

5.

fort heureusement été prévenu assez à temps qu'il devait être arrêté le jour même.

La personne qui lui rendait cet important service était attachée au gouvernement d'alors; aussi joignit-elle à ses renseignements les papiers nécessaires au départ. Bréguet put donc quitter la France sans encombre et passer en Angleterre pour y attendre des jours meilleurs.

Mais aux premières lueurs de calme il revint à Paris, où il vécut, comblé d'honneurs et de richesses, jusqu'en l'année 1823, sans qu'un seul jour sombre vînt voiler son heureuse et douce existence.

Un fait assez bizarre, qu'il est curieux de relater ici, c'est que lors de la prise d'Alger, un soldat s'étant emparé de la montre du dey, qui passait dans toute la régence, non-seulement comme une merveille, mais encore comme le chef-d'œuvre de l'horlogerie anglaise. On put s'assurer que cette montre sortait, au contraire, de notre horlogerie française, et que, de plus, elle avait été faite par Bréguet.

JEAN GOUJON

TAILLEUR DE PIERRE

Né en 1520, mort en 1572.

Jean Goujon naquit en 1520 dans un humble et misérable hameau des environs de Paris. Son père était un pauvre tailleur de pierre et sa mère travaillait à la terre; aussi, sa naissance, au lieu d'être saluée avec joie, fut-elle acceptée avec regret. C'était pourtant un bel et gros garçon que cet enfant qui promettait, en voyant le jour, de devenir un homme très-fort, s'il laissait ignorer qu'il était destiné à devenir un homme célèbre.

Et bien lui en prit, à Jean, d'être si fortement constitué, puisqu'il poussa sous la garde de Dieu sans recevoir de soins de personne. A peu près nu, nourri tant bien que mal par sa mère, rudoyé par son père; les seuls jouets de l'enfant furent les pierres et le ciseau, car le petit hameau où il naquit était un pays de carrières; des tailleurs de pierre seuls y vivaient.

Donc il poussa au grand air et au soleil, comme les plantes; il devint vigoureux et robuste, et prit plaisir à façonner les pierres qu'il maniait avec une adresse sans pareille dans ses petites mains durcies de bonne heure; le bruit du marteau et le grincement de la scie semblaient la plus douce musique à son oreille charmée, et faisaient toute sa joie et tous ses jeux.

Assis des jours entiers sur la terre, une pierre dans une main, un ciseau dans l'autre, le petit Jean coupait, rognait, grattait jusqu'à ce qu'il crût avoir donné une forme quelconque à la matière qu'il travaillait; puis, heureux en pensant qu'il avait réussi, il courait, le cœur tout joyeux, pour montrer sa création, soit à un camarade, soit à sa mère; mais, hélas! il en revenait toujours tout contrit, n'ayant reçu que des rebuffades ou des lazzis pour compliment, tandis qu'il en espérait autre chose!

Étaient-ils donc complétement informes ces premiers essais de Jean Goujon? ou ses juges étaient-ils incapables de deviner l'art sous cette grossière enveloppe?

Malgré tout, notre petit héros ne se rebuta pas, il continua à travailler; mais dès lors ce fut pour lui seul qu'il réserva ses œuvres, jusqu'au jour où le ciel lui envoya un confident et un ami, sans doute pour le soutenir dans sa route.

Il n'avait que huit ou neuf ans qu'il aidait déjà les ouvriers et gagnait quelque argent pour son compte; aussi ne lui restait-il pour ses plaisirs que de très-rares instants qu'il employait en cachette à ses grossières sculptures. Un matin comme il venait d'achever de copier une grenouille, et que caché derrière un taillis, il se complaisait à admirer son œuvre, il fut brusquement tiré de sa contemplation par une voix joyeuse qui lui disait :

— Que fais-tu donc, petit Jean, mon ami, dans cette cachette? est-ce pour y guetter lièvre ou renard?

Jean se leva en jetant vivement sa petite barrette sur son travail afin de le cacher; mais ce ne fut pas fait assez promptement pour que son camarade Jacquet, qui était un fort garçon de quinze ans, n'ait pas eu le temps de voir la chose.

— Que caches-tu donc là?... demanda-t-il en s'élançant sur la barrette de Jean et l'enlevant adroitement; ayant ainsi laissé à découvert la sculpture, il s'écria avec surprise :

— Une grenouille blanche!... Est-elle morte ou est-elle vivante, petit?...

Jean, la bouche ouverte et les yeux grandis encore par la joie, eût voulu boire ces douces paroles de Jacquet, pour qu'elles parvinssent mieux à son cœur. Comment! son travail était si parfait qu'on le prenait pour une œuvre de Dieu!... sa grenouille semblait vivante!... C'était trop de bonheur pour cette âme peu forte encore; aussi le pauvre enfant se prit-il à douter et se mit-il à fondre en larmes.

— Tu veux te rire de moi, Jacquet, dit-il en se baissant, la figure baignée de pleurs pour ramasser sa grenouille et la mettre dans la main de son camarade, car tu vois bien que ce n'est qu'une pierre...

Jacquet la prit, la tourna et la retourna dans tous les sens avec surprise; puis il dit à Jean, qui reprenait confiance en l'observant :

— Veux-tu me la donner? je la garderai soigneusement.

— Je le veux bien, dit celui-ci, mais j'y mets une condition, c'est que tu ne la montreras à personne.

— Ça va!... répliqua l'autre, seulement condition pour condition : tu me montreras au contraire tout ce que tu feras, petit Jean, et tu m'apprendras à en faire autant si tu peux!...

L'enfant se redressa en entendant cette demande de son camarade qui le créait maître et il se jeta à son cou pour sceller sa promesse dans un baiser.

Dès ce moment, de camarades les deux enfants devinrent amis et le travail parut plus facile à Jean, puisqu'il était encouragé et partagé ; aussi, marchait-il à grands pas vers le succès dans ses essais encore informes, quand un incident, qui menaçait de le séparer de Jacquet fut le chemin que la Providence lui ouvrait vers la fortune et vers la gloire.

Plusieurs tailleurs de pierre de son village furent appelés en Sologne pour travailler au château de Chambord ; Jacquet devait être de ce nombre.

Quand Jean apprit cette nouvelle, il pleura, se désola et cria si fort, que, comme il était très-habile aussi, quoiqu'il n'eût alors que quatorze ans, on consentit à l'admettre, avec son ami, au nombre des ouvriers destinés à partir pour le château royal.

Jean paya la complaisance du patron par un travail assidu ; celui-ci, qui connaissait ses goûts artistiques, le prit en amitié et lui abandonna un jour un gros morceau de marbre pour en faire tout ce qu'il voudrait. Du marbre à lui, le pauvre Jean !... du beau marbre blanc qui lui appartenait en propre... L'heureux enfant se crut transporté dans le ciel quand il entendit ces mots.

Pour tout remerciement, car les paroles n'auraient pas su exprimer sa reconnaissance, Jean, après avoir jeté un regard humide vers son patron, arracha sa veste, prit un ciseau et allait se mettre à l'œuvre, quand celui-ci, qui avait entendu parler de son adresse, lui montrant en riant un vieux truand qui s'était rapproché des ouvriers pour leur demander l'aumône, se prit à lui dire :

— Copie-moi ce malandrin, petit Jean, et si tu réussis je te donnerai encore du marbre pour faire autre chose.

— Vous serez obéi, mon maître, répondit le jeune sculpteur en regardant attentivement le vieux pauvre ; quelques instant après, il se mettait à travailler avec ardeur.

Plusieurs jours se passèrent ; Jean, qui donnait le plus de temps qu'il pouvait à son marbre, commençait à lui faire prendre très-habilement figure quand, un matin qu'il était tout absorbé dans son travail, un homme, qui sans être encore vieux paraissait faible et malade, s'arrêta auprès de Jean sans que celui-ci l'eût vu venir, et lui frappant familièrement sur l'épaule, se prit à lui dire en souriant :

— J'aurai, si vous voulez bien le permettre,

une petite observation à vous faire, mon jeune ami.

Jean Goujon se redressa vivement, et comme en dehors de son patron il ne connaissait nulle autorité au monde, il jeta un regard mécontent sur l'étranger en répliquant :

— Une observation, vous?...

— Si vous l'aimez mieux, mon petit homme, ce sera une critique! fit l'inconnu conservant son air de bonne humeur.

Ce mot de critique piqua au vif le jeune sculpteur qui s'écria en se croisant les bras, et regardant l'homme avec un air de défi :

— Allons! mon maître, voyons! parlez, on vous écoute.

— N'avez-vous pas voulu représenter ici un vieillard? demanda l'inconnu sans paraître s'apercevoir de l'humeur qui débordait du cœur de l'enfant.

— Pardieu! c'est bien facile à voir ce me semble! exclama celui-ci.

— Où avez-vous trouvé alors qu'un vieillard ait toutes ses dents? fit le critique en indiquant du doigt la bouche entr'ouverte du truand, où se trouvait un râtelier intact.

Jean Goujon rougit jusqu'aux yeux en se mordant les lèvres, car la remarque de l'étranger était juste ;

aussitôt que celui-ci se fut éloigné, sans doute pour montrer qu'il se refusait à jouir de son triomphe, et qu'il ne voulait pas ainsi augmenter la confusion du jeune artiste, celui-ci, d'un seul coup de ciseau, enleva deux dents à son vieillard en ayant le soin de creuser habilement la gencive à cette place vide, pour rendre l'illusion plus complète ; il acheva ensuite de perfectionner son œuvre chaque jour sans qu'il lui arrivât de rencontre nouvelle. Cependant, un matin qu'il venait pour lui donner le dernier coup, regardant ce travail comme tout achevé, il trouva la place vide, son truand était enlevé... et il ne vit en cet endroit que l'étranger dont il avait reçu une leçon quelque temps auparavant.

— Savez-vous où est mon truand ? lui demanda Jean Goujon d'un air courroucé.

— Je le sais, puisque c'est par mon ordre qu'il a été enlevé, répondit l'inconnu du même ton moqueur qu'il avait pris déjà en donnant au jeune homme une leçon de sculpture.

— Mais qui êtes-vous donc, mon maître, pour donner ainsi des ordres dans la demeure de notre sire le roi de France ? s'écria le jeune ouvrier dont la surprise se partageait la colère en son cœur.

— Si vous tenez à le connaître, suivez-moi.

— Certainement que je vous suivrai pour vous forcer à me rendre mon marbre! l'eussiez vous fait cacher chez messire Satan, s'écria Jean en posant sa barrette de travers d'un air fort résolu.

— Vous serez peut-être très-heureux de le laisser là où il est, mon gentil coq, fit l'inconnu toujours en souriant.

— Vous verrez bien le contraire, mon maître! exclama Jean exaspéré de ce qu'il regardait comme une prétention étrange.

L'inconnu prit le chemin du château et se disposait à franchir les marches du superbe péristyle qui le sépare du parc, quand le jeune ouvrier, qui l'avait suivi, l'arrêta résolûment par le bras en lui disant:

— Halte-là, mon maître, croyez-vous donc qu'on pénètre ainsi dans les appartements d'un roi? dans ses jardins passe encore, puisque nous y sommes sans doute appelés, vous comme moi, pour y travailler; mais arrêtez-vous, ou l'on va nous chasser comme des malandrins.

L'inconnu, dégageant son bras sans mot dire, continua sa route toujours suivi de Jean Goujon piqué au jeu par l'aventure, et qui restait saisi d'étonnement en voyant tous les serviteurs se lever avec empressement pour s'incliner à leur passage et les gardes saluer avec un profond respect.

— Ah çà ! se disait notre jeune ouvrier, cet étranger serait-il par hasard un haut employé du château ? et bien j'aurais fait alors une belle besogne en lui parlant ainsi ! Mais bah ! ajouta-t-il avec l'insouciance ordinaire à la jeunesse, il se fâchera si ça lui plaît, d'ailleurs mon truand est à moi et je veux qu'il me le rende.

L'inconnu traversa les galeries et les salons sans que personne songeât à lui en défendre l'entrée.

— Diable ! diable ! serait-ce donc un prince que ce vieux-là, alors j'aurais vraiment fait une belle équipée ! se dit encore l'artiste en se grattant l'oreille.

Mais son guide, qui marchait toujours sans se retourner, ayant poussé la porte d'un cabinet royalement meublé et enrichi d'objets d'arts de la plus grande valeur, Jean Goujon s'arrêta sur le seuil, interdit et tremblant, car alors il se croyait sérieusement perdu, et comme il levait les yeux en essayant de faire des excuses, il aperçut son vieux truand posé sur une console fort richement sculptée.

— Tu vois, mon jeune ami, lui dit l'inconnu toujours avec son air de bonté gouailleuse, que si j'ai enlevé ton œuvre c'est pour la placer en fort bonne compagnie.

— Mais mon Dieu, que dira le roi notre sire, quand il verra cette laide ébauche installée dans son château au milieu des beautés qu'il renferme, murmura timidement Jean.

— Le roi dira qu'il faut cultiver le talent dans son bourgeon, pour que la fleur un jour puisse en être belle, de plus il t'aidera à parfaire ce que tu commences si bien déjà à tailler; en voici sa main pour gage...

Et tout en parlant ainsi, l'inconnu, qui n'était autre que François Ier, tendit sa royale main au jeune ouvrier lequel confus et heureux s'agenouilla pour la porter respectueusement à ses lèvres.

De ce jour, en effet, Jean Goujon devint le protégé du roi, qui l'envoya en Italie pour y étudier les œuvres de Michel-Ange et s'en inspirer, car il lui destinait des travaux sérieux à son retour; mais, hélas! les rois sont comme les autres hommes, ils proposent aussi et Dieu seul dispose; donc quand Jean Goujon revint en France, François Ier n'était plus.

Cette mort imprévue lui causa un violent désespoir, moins encore parce qu'il voyait ainsi ses espérances détruites que parce qu'il conservait, dans le fond de son cœur une reconnaissance profonde pour le roi qui avait daigné abaisser ses re-

gards sur lui, humble vermisseau, afin de l'élever
à la place où l'art devait lui permettre d'atteindre...

Mais heureusement que Henri II, qui partageait
pour les belles choses le goût de François Ier, son
père, appela Jean Goujon auprès de lui, malgré
l'opposition qu'y fit la reine Catherine de Médicis,
sa femme, laquelle Italienne et intolérante, repro-
chait à Jean Goujon d'être Français; car elle était
convaincue que les Italiens, ses compatriotes,
avaient seuls le monopole des arts.

Notre jeune artiste lui donna un démenti brillant et immortel en créant la fontaine des Inno-
cents, qui fut son chef-d'œuvre, et dont les belles
naïades qui s'y jouent parurent à tous être dignes
du ciseau de Michel-Ange.

Mais la reine, haineuse et méchante, ne pardonna
pas à Jean son succès et chercha tous les moyens
de l'éloigner de la cour.

Henri II céda par faiblesse; seulement au lieu de
le disgracier comme le voulait la reine, il l'envoya
auprès de Diane de Poitiers qui lui fit décorer son
beau château d'Anët.

Alors Catherine de Médicis devint plus furieuse
encore; mais elle dissimula habilement sa colère
et, comme elle pensait qu'il valait mieux que le
grand artiste, appelé déjà alors le restaurateur de

la sculpture en France, travaillât pour la couronne
que pour sa rivale, elle fit rappeler Jean Goujon
par son trop faible époux et lui ordonna de faire
la décoration du vieux Louvre.

L'artiste obéit, se mit à cette grande œuvre, et
les jours, les mois et les années se succédèrent pour
lui également, sans que la mort de Henri II, celle
de François II, son fils, et l'avénement au trône de
Charles IX, encore un des fils de ce roi, altérassent
en rien la tranquillité de sa vie, quand le jour de la
Saint-Barthélemy, de sanglante mémoire, il fut
atteint par une arquebuse, tandis que grimpé sur
un échafaudage, il travaillait encore à la décoration
du vieux Louvre qu'il était près d'achever.

Jean Goujon avait cinquante-deux ans, et l'avenir se montrait encore bien brillant devant lui,
quand la mort cruelle vint l'enlever à l'apogée de
sa gloire; mort cruelle surtout pour la France, à
laquelle cet ouvrier illustre eût sans doute légué
bien des chefs-d'œuvre encore!

JOSEPH JACQUART

OUVRIER CANUT

Né en 1752, mort en 1834.

Cet ouvrier illustre naquit à Lyon, en 1752; c'était un homme simple, doux, bon, dont l'intelligence, développée seulement pour ce qui était *machinisme de son état*, chose dont il s'occupait uniquement, enfanta des chefs-d'œuvre qui révolutionnèrent l'industrie du tissage en simplifiant les machines.

Avant lui, les métiers étaient tellement surchargés de cordes, de pédales, que ces embarras de tout genre nécessitaient au tisserand l'adjonction de compagnons servants; mais *le métier à la Jacquart*, métier ainsi appelé du nom de son inventeur, vint l'en affranchir et lui permettre de suffire seul au tissage en supprimant des travaux pénibles et insalubres.

Cette invention du modeste ouvrier donna longtemps une grande supériorité à l'industrie lyonnaise; mais elle fut depuis appliquée dans toutes les villes manufacturières d'Europe.

Joseph Jacquart était un simple canut, servant et craignant Dieu, aimant le travail, mais n'ayant reçu aucune éducation; s'il est devenu illustre par le bien qu'il a fait à son pays, il le devint sans se douter jamais qu'il dût arriver à la gloire, et sa modestie était si grande que tout le monde finit par reconnaître son mérite, hors lui, car il mourut doutant encore de l'important service qu'il avait rendu à la France.

Un jour, qu'en compagnie de quelques camarades, Jacquart était entré pour dîner dans un cabaret voisin de la fabrique où il travaillait, il entendit un homme qui lisait à haute voix un journal; la politique occupait peu notre ouvrier, aussi ne prenait-il nulle garde à ce qu'on lisait, quand tout à coup son attention fut fixée par l'annonce que faisait une compagnie manufacturière de Londres.

Cette compagnie promettait cinquante mille francs à celui qui parviendrait à inventer un procédé conduisant au moyen de fabriquer des filets à la mécanique.

— Il faut avouer qu'ils ont bien de l'argent de reste, pour vouloir ainsi le jeter par la fenêtre! s'écria Jacquart en riant; car, ce n'est pas si difficile à ga-

6

gner leurs cinquante mille francs, et ils seraient bien attrapés, si j'allais les leur demander, moi, puisque je l'avais trouvé pour rien, là mécanique.

Et tout en parlant ainsi, l'honnête canut sortit de sa poche un petit filet en miniature qu'il jeta sur la table.

Ses camarades l'examinèrent avec attention; puis l'heure de rentrer à la fabrique étant venu à sonner, chacun s'éloigna à la hâte.

Huit jours s'écoulèrent, et un dimanche matin, grand fut et l'émoi et l'effroi de Jacquart, quand il vit un gendarme entrer dans sa modeste maisonnette et lui intimer l'ordre de le suivre près de M. le préfet qui le demandait sans aucun retard.

Joseph, inquiet et tremblant, s'empressa d'obéir; mais pendant toute la durée du chemin il interrogeait sa conscience, se demandant avec anxiété si ce n'était pas pour le punir, et ce que pouvait lui vouloir un aussi grand et aussi puissant personnage?

Le préfet, les mains derrière le dos et l'air inquiet, se promenait de long en large dans son cabinet, quand Jacquart fut introduit.

— Ah! vous voilà, enfin! s'écria-t-il en voyant l'ouvrier, vous qui vous permettez d'inventer des métiers pour les Anglais, sans songer au mal que vous faites! ..

— Moi, monsieur le préfet! exclama le pauvre
Jacquart avec un douloureux embarras, car il avait
entièrement oublié, et le journal, et les cinquante
mille francs promis; je ne sais en vérité ce que
vous voulez dire, et monsieur le préfet se trompe,
c'est bien sûr...

Mais le magistrat, qui crut voir de la finesse et de
l'astuce dans la simple bonhomie du brave homme,
reprit d'un air sévère :

— C'est bien! c'est bien! je ne suis pas votre
dupe... seulement ne comptez pas partir pour faire
profiter l'étranger de ce qui appartient à votre
patrie; car vous ne pourrez pas sortir de France,
puisque défense la plus formelle a été faite de
vous délivrer un passe-port sous aucun nom et
pour aucun prix.

— A moi! Jacquart!... s'écria le simple canut,
qui, ne pouvant pas comprendre comment le gouvernement s'occupait de lui, pauvre hère, croyait
toujours à une méprise.

Mais comme de son côté le préfet persistait à
voir un homme habile et rusé dans le modeste ouvrier qu'il avait devant lui, au lieu de donner
aucune explication à Joseph, il se contenta de lui
dire encore plus sévèrement :

— C'est assez, monsieur!... cessez cette feinte;

elle est inutile, puisque je sais tout ; et pour vous exempter de me faire plus longtemps des mensonges, regardez si je peux être votre dupe...

Et tout en parlant ainsi, le magistrat sortit d'un tiroir et posa soigneusement sur la table la petite mécanique que l'ouvrier s'était amusé à façonner avec des allumettes et du fil quelques jours avant, tout en écoutant faire la lecture du journal au cabaret.

L'honnête canut pensa tomber de son haut, nonseulement en retrouvant cette bagatelle entre les mains du préfet, mais surtout de voir ce magistrat la traiter avec autant d'importance ; aussi prit-il l'air si interdit que le préfet crut vraiment avoir démasqué un coupable, aussi ajouta-t-il sur le même ton peu rassurant :

— Écoutez-moi, et résignez-vous... J'ai consulté ici et j'ai fait consulter à Paris les hommes les plus savants en mécanisme ; et comme ils ont reconnu l'excellence de cette machine, vous allez partir à l'instant même, avec moi, pour être présenté au premier consul.

Jacpuart qui se croyait ou fou, ou le jouet d'un rêve, se laissa mettre sans la moindre réflexion dans une chaise de poste, et trois jours après M. le préfet de Lyon introduisait l'humble canut, qu'il

avait enlevé, dans le cabinet du ministre Carnot.
Celui-ci, qui était un mécanicien distingué, et partant, un homme à système et à prévention, haussa
les épaules en voyant l'air simple et la mine piteuse
de l'homme qui lui était présenté, comme ayant
résolu un problème contre lequel toute sa propre
science était venue se briser.

— Ah ! ah ! fit-il, en toisant d'un air de dédain
l'ouvrier lyonnais, c'est donc toi qui prétends faire
ce que Dieu lui-même ne ferait pas : un nœud avec
un fil tendu... Aussi, tu n'es qu'un vil imposteur,
cela se voit, de reste.

Jacquart, qui s'était d'abord montré interdit et
timide devant ce haut personnage, sentit bientôt le
rouge de l'indignation et de la colère lui monter au
front, quand il entendit ainsi mettre en doute sa
probité ; aussi, relevant la tête, il s'écria avec dignité :

— Monsieur, vous devriez savoir que quand on
a des cheveux gris on ne ment pas ; et ce n'était
pas la peine de faire faire près de deux cents lieues
à un pauvre ouvrier pour lui dire des injures ;
mais comme me voilà ici et que vous avez l'air de
douter de moi, nous allons voir un peu qui de vous
ou de moi dit vrai dans cette affaire..

Et, en achevant ces mots, l'ouvrier ôta sa veste,

prit un petit tabouret de paille qu'il vit à ses pieds, le cassa; puis, tirant son couteau de sa poche, il coupa, tailla, rogna le bois, et ajusta si vite et si bien les choses qu'en moins d'un quart d'heure sa petite mécanique se trouva confectionnée; alors, prenant sur le bureau du ministre une pelote de ficelle, il commença un filet; puis, essuyant son front sur lequel ruisselait la sueur, il se retourna vers Carnot qui le regardait faire d'un air stupéfait et lui dit :

— Eh bien ! monsieur, voilà la chose... Essayez-moi un peu cette machine et dites-moi après que je suis un menteur...

Mais ce ne fut pas le ministre qui essaya la petite mécanique, ce fut un homme vêtu d'une longue redingote grise qui se chauffait les pieds devant la cheminée, tout en suivant avec une grande attention la lutte qui s'était établie entre le ministre et l'ouvrier.

— Carnot, dit-il après quelques instants donnés à l'examen de la machine, vous voilà vaincu sans merci, et l'homme de la nature l'emporte sur le mathématicien; prenez-en votre parti.

Puis, se retournant vers l'ouvrier, il continua avec bonté.

— Quant à toi, mon ami, je me charge de ta for-

tune, et, pour commencer, je t'assure, à dater de
ce jour, une pension de trois mille livres; de plus,
tu seras logé au Conservatoire des arts et métiers;
mais tout cela est à la condition que tu vas me fabriquer en grand des métiers comme tu viens de
faire ce petit modèle, et cela dès demain.

— Monsieur, répondit Jacquart, vous êtes trop
poli, vous, pour que je ne cherche pas à vous être
agréable; aussi je vais travailler tout de suite à ce
que vous me demandez, et, dans trois jours au plus
tard, je vous livrerai un peu de la commande.

Puis il salua et sortit avec le préfet qui l'appelait
du geste.

— Quel est donc ce petit monsieur si pâle et si
maigre qui est aussi gentil que votre ministre l'est
peu, et qui vous a une voix si douce qu'on se jette-
rait au feu pour lui obéir, demanda-t-il au magistrat qui lui montrait lui-même bien plus de bienveillance.

— C'est le général Bonaparte, le premier consul,
répondit celui-ci.

Joseph regarda, bouche béante, le préfet.

— Ah mon Dieu! mon Dieu! que diront ma
femme et les amis quand ils sauront que le premier
consul m'a parlé... s'écria-t-il la voix tremblante
d'une émotion d'orgueil mêlée de joie.

— Et surtout qu'il vous a donné une pension de trois mille livres... fit en souriant le préfet.

— Eh bien! tiens, c'est vrai! je l'avais ma foi oublié tant je suis ahuri!... exclama avec une naïveté sublime le brave ouvrier.

Quelques jours après, Joseph, les bras nus, les manches retroussées, poussait gaiement le rabot en sifflant un air lyonnais, lorsqu'il entendit ouvrir la porte de la salle qui lui servait d'atelier, il se retourna vivement, c'était le premier consul qui venait d'entrer.

Il fit signe à Jacquart de ne pas se déranger de son travail, puis, remarquant qu'un des bras de l'ouvrier était tatoué.

— Est-ce que tu as été soldat, lui demanda-t-il avec une affectueuse brusquerie?

— Oui, mon consul, répondit Jacquart en poussant un profond soupir, et c'est une triste histoire que celle-là, allez!

— Eh bien, raconte-la-moi, dit Bonaparte en s'asseyant familièrement sur un tabouret à côté de l'ouvrier.

— Elle n'est pas longue, si elle est douloureuse, fit Joseph tout en continuant à travailler, sans doute pour cacher sa vive émotion en rappelant ces souvenirs. J'étais marié, heureux, comme un honnête ouvrier peut l'être, puisque je gagnais ma vie en faisant des reliures et un petit commerce de chapeaux de paille ; quand Lyon, ma ville natale, ayant été assiégée par les républicains, je vis ma maison brûlée et ma femme tuée sous mes yeux ; alors je ne me connus plus, je me battis comme un enragé et je fus condamné à mort par les hommes qui s'étaient rendus maîtres de la ville.

Mais j'avais un fils, monsieur, et tout en prononçant ces mots, le pauvre Joseph lâcha son outil pour essuyer sa figure inondée de larmes ; oui, j'avais un fils, et un bon fils encore, continua-t-il, car ce fut lui qui me sauva au risque de donner sa tête en échange de la mienne ; c'était un brave soldat, il me couvrit de son uniforme, me fit inscrire sur le contrôle du bataillon des volontaires où il servait, me mit un nouveau fusil à la main et m'emmena avec lui sur la frontière ; mais là, il fut tué, monsieur, tué comme un brave en regardant les ennemis bien en face, tandis que moi je vivais comme un lâche, la mort ne voulait pas de moi... Pourtant je retournai bien vite à Lyon pour y mourir... mais on ne tuait plus, alors !... Je faillis devenir fou de douleur ; heureusement que le travail me sauva... J'entrai comme canut dans une fabrique de soie, je pris une nouvelle femme et j'ai des

6.

petits enfants ; mais quand je songe au passé...

— Est-ce mon métier à filet que tu me fais là ?...
interrompit brusquement Bonaparte, tout à la fois
pour cacher son émotion et empêcher l'ouvrier de
se livrer à la sienne.

— Non, mon consul, le métier que vous demandez est fini, et ce que je fabrique maintenant c'est
autre chose, répondit Jacquart simplement.

— Comment autre chose!... encore une de tes
inventions nouvelles que tu mets à exécution, exclama Bonaparte.

— Dame, ne vous fâchez pas, mon consul, j'avais
du temps de reste, et c'est seulement pour ne pas
rester les bras croisés comme un fainéant, répondit
vivement Jacquart, qui prit la surprise de Bonaparte pour du mécontentement ; donc ce petit métier que je combine, c'est pour simplifier le travail des tisserands à étoffes de luxe, et permettre
ainsi aux ouvriers qui fabriquent ces étoffes de rester des hommes comme les autres et non de se rendre bossus ou bancroches pour manger du pain.
Car vous ne savez pas, vous, mon consul, interrompit le brave Joseph, en levant un regard attendri
vers Bonaparte, à quelle fatigue, à quelles atroces
contorsions du corps doivent se condamner les pauvres canuts, allez !... Il faut les prendre tout petits

pour les former à ce supplice, et je dis supplice,
parce que le métier dont on se sert maintenant ne
peut marcher que grâce à des enfants, garçons et
filles, qui les conduisent en gardant, durant les
longues journées, des attitudes si forcées et si tor-
tueuses qu'elles déforment la taille, arrêtent la crois-
sance et vicient même le principe de la vie chez
les malheureuses petites créatures qui sont con-
damnées à ce travail... Voilà pourquoi je rêve jour
et nuit, endormi et éveillé, à inventer un autre métier pour sauver ces créatures du bon Dieu de leur
torture.

Le premier consul prit dans ses mains blanches
la grosse et laborieuse main de l'ouvrier, et la serrant avec attendrissement :

— Jacquart, dit-il, tu es un grand citoyen !...

— Merci, vous êtes trop bon, fit en souriant familièrement l'ouvrier qui, en parlant des souffran-
ces de ses camarades, avait oublié la grandeur de
celui auquel il s'adressait, mais c'est égal, continua-t-il en rendant avec usure à Bonaparte la poi-
gnée de main qu'il en avait reçue, c'est égal, nous
sommes faits pour nous entendre.

— Et nous nous entendrons toujours, j'espère,
répondit en riant le premier consul ; travaille donc
sans crainte, mon brave Lyonnais, je viendrai te

voir souvent et nous causerons comme des amis, ajouta-t-il en se levant et prenant congé de l'ouvrier.

Mais, hélas! tant et de si grandes choses le réclamaient que bientôt Napoléon oublia Jacquart, ses métiers et les promesses qu'il avait faites. Pourtant notre héros ne se plaignit point, il acheva ses métiers, les mit à l'exposition de l'industrie et retourna à Lyon, content comme un roi, avec une médaille que lui avait décernée le jury, le modèle de ses machines et son brevet d'une pension de trois mille livres.

Après les événements de 1814, les Anglais firent faire à Jacquart des propositions capables d'exciter l'ambition d'un homme, afin de l'attirer à Londres; mais lui toujours simple, modeste et patriote avant tout, rejeta ces offres en disant que son temps, ses talents et sa vie appartenaient à la France.

Louis XVIII apprit cette conduite honorable, et, pour en récompenser l'illustre ouvrier, non-seulement il lui confirma sa pension, mais encore lui envoya le brevet qui le nommait chevalier de la Légion d'honneur.

Exprimer la joie du bonhomme ne serait pas possible à des paroles humaines; il riait, il pleurait,

il chantait, enfin il était fou de bonheur et de reconnaissance.

— Quoi, disait-il, on a pensé à moi!... on me
comble de gloire!... et mon pays me regarde
comme un bienfaiteur, car il y a écrit sur le par-
chemin : *Pour avoir bien mérité de la patrie.* Mon
Dieu ! mon Dieu !... que je suis donc heureux et
fier !

Jacquart mourut au mois de mai 1834, âgé de
quatre-vingt-deux ans, et la ville de Lyon, recon-
naissante, lui a élevé une statue en 1840.

JEAN GUTENBERG

IMPRIMEUR

Né en 1400, mort en 1468.

En 1840, par une belle journée du mois de juin, la ville de Strasbourg, pavoisée tout entière, depuis les mansardes des quartiers les plus populeux, jusqu'aux plus beaux de ses hôtels, tandis que le canon faisait retentir les échos de leur voix d'airain, et que les cloches tintaient joyeusement dans les airs, montrait qu'elle célébrait une fête dans laquelle elle mettait et son amour et son orgueil !

Dans toutes ses rues se pressait une foule joyeuse pendant que le superbe fleuve qui l'arrose, couvert de petites et de grandes barques remplies de passagers, faisait voir que les curieux n'étaient pas tous arrivés encore.

— Quel est donc le prince qui attire pour le saluer tant de gens venus non-seulement de toutes

les parties de l'Europe, mais même du Nouveau-
Monde?.... Ce prince, c'est un ouvrier, et si nous
voulons en connaître l'histoire, glissons-nous dans
une de ces barques si élégamment pavoisées, celle-ci,
par exemple, où toute une famille est réunie, et
écoutons attentivement la conversation qui s'y tient,
car elle a trait, tout naturellement, au héros du
jour, et nous allons ainsi apprendre ce que nous
désirons savoir.

— Mais, papa, dit une petite blondine d'un air
réfléchi, est-ce qu'il n'y a pas longtemps qu'il est
mort, Jean Gutenberg?

— Si, mon enfant, répondit l'honnête père de
famille, puisqu'il est mort en 1468; voici donc près
de quatre siècles qu'il n'est plus; mais la ville de
Strasbourg fête aujourd'hui l'anniversaire du premier livre qui fut imprimé dans ses murs par
Gutenberg, le père de l'imprimerie, lequel, s'il
n'est pas né dans cette ville, a fait voir le jour
en ce pays à son admirable découverte qui a rendu
un si grand service aux sciences et à l'humanité
tout entière; car, avant la découverte de Gutenberg,
les livres devaient être écrits à la main sur vélin;
et, vous le savez, à cette époque peu de gens avaient
appris à lire; aussi les livres étaient-ils si rares que
Louis XI ayant eu besoin d'un ouvrage apparte-

nant à la Sorbonne, fut obligé non-seulement de déposer une grande quantité de vaisselle d'or pour caution, mais encore de désigner un seigneur de sa cour comme garant de sa fidélité à rendre le livre emprunté. Du reste, ce fut ce même roi Louis XI qui protégea l'imprimerie naissante et appela auprès de lui des ouvriers imprimeurs qu'il combla d'honneurs et de richesses, enfin qui dota la France de cette admirable invention.

— Comment se fait-il donc, papa, qu'un ouvrier ait pu découvrir une chose si importante, à une époque où, ainsi que vous venez de le dire, le peuple ne savait pas lire? demanda à son tour un jeune écolier, car alors la lecture était une science presque aussi rare que l'écriture, et les grands seigneurs eux-mêmes ignoraient aussi bien l'une que l'autre de ces sciences; pourtant il fallait savoir lire et même écrire pour découvrir l'imprimerie, ce me semble?

— Ta réflexion est juste, mon fils, dit le père; aussi Gutenberg n'était-il pas né ouvrier; mais il l'est devenu, grâce à des revers et à son amour pour la science. Ainsi, son père, qui descendait d'une famille patricienne de Mayence, lui avait fait donner une éducation très-soignée pour l'époque; mais ce père étant mort, sans lui laisser de

biens, Jean quitta le pays où il ne pouvait plus
tenir le rang dans lequel il était né, et quittant
aussi le nom de sa famille pour prendre celui de
Gutenberg, il vint à Strasbourg, où il commença
d'abord par s'occuper de la vente et du travail des
pierres précieuses, sorte de commerce fort répandu
alors. Mais ce travail de lapidaire ne suffisait pas
à l'imagination ardente et au génie divin qui brillait
dans cette âme d'élite; aussi, Jean négligea-t-il
bientôt ses affaires pour se livrer tout entier à une
invention qui prenait ses jours et ses nuits sans le
satisfaire; car, ainsi que Tantale, il voyait à ses
côtés le fruit savoureux de la gloire; mais aussitôt
qu'il avançait la main pour le saisir, le fruit dispa-
raissait, comme une ombre.

Pourtant, il ne perdit pas courage, il redoubla
d'ardeur; et un jour les caractères mobiles de l'imprimerie furent découverts par lui.

— Mais, papa, interrompit d'un air capable le
jeune collégien, on imprimait pourtant avant Jean
Gutenberg; ainsi, dès la plus haute antiquité, les
Égyptiens, les Chinois, les Japonais tiraient des
empreintes; de même les Grecs et les Romains,
puisqu'on a trouvé dans les ruines d'Herculanum
des billets de théâtre imprimés, et dans Pompéi des
lettres d'invitation.

Son père l'écouta en souriant; puis, reprit aussitôt :

— Si tu veux que je te cite aussi les Hollandais qui prétendent faussement que c'est un des leurs, Laurent Coster, qui inventa l'imprimerie, je ferai comme toi, le savant, mon cher enfant, et pour m'en passer la fantaisie, je vais te raconter la légende, sinon mensongère, du moins ridicule, sur laquelle les Hollandais basent leur injuste prétention.

» Un jour, le susdit Laurent Coster, alors sacristain de Harlem, se promenant seul dans les bois, il lui prit fantaisie de tailler dans des morceaux de hêtre des lettres en relief, et au moyen de ces caractères, il reproduisit sur du papier quelques phrases pour l'instruction de ses petits-fils... »

— Mais était-ce là de l'imprimerie? je vous le demande, c'était de la gravure sur bois, rien de plus; de même que les Romains et les Grecs tiraient des empreintes avec des cachets, des sceaux ou divers emblèmes gravés sur le bois ou sur la pierre. Mais la découverte de l'imprimerie en caractères mobiles, cette invention sublime qui a changé la face du monde, appartient à Gutenberg, et ce sont et le quinzième siècle et la France qui peuvent s'en enorgueillir, puisque, quoiqu'il fût né à Mayence,

Jean s'était depuis longtemps fixé à Strasbourg, quand...

— Papa, mais Strasbourg n'était pas française alors, interrompit derechef notre jeune pédant.

— Elle l'est aujourd'hui de cœur et d'âme, répliqua le brave homme ; aussi est-ce aujourd'hui seulement qu'elle fête ce glorieux anniversaire ; car, pendant près de quatre cents ans, tant l'injustice des hommes est grande ! on nia d'abord à Gutenberg sa sublime découverte, puis on le laissa une seconde fois mourir dans l'oubli, ce second linceul des morts. Mais le jour de la justice sonna enfin pour lui, et aujourd'hui la ville de Strasbourg, cette ville où il est presque impossible de rencontrer quelqu'un qui ne sache pas lire, veut fêter dignement la mémoire d'un de ses enfants adoptifs, ouvrier illustre, des mains duquel elle vit sortir son premier livre ; voilà pourquoi, à l'imitation de ces fêtes antiques où les peuples primitifs se réjouissaient en l'honneur de leurs dieux, Strasbourg a commandé au célèbre statuaire David d'Angers une magnifique image de l'homme de génie auquel elle est fière d'avoir servi d'asile, et toutes les populations viennent saluer Gutenberg.

— Mais, mon oncle, quand les caractères mobiles furent trouvés, l'imprimerie n'était pas encore complétement découverte, pourtant, fit un grand jeune homme blond, comme le sont généralement tous les Allemands, car à sa prononciation on s'apercevait sans peine que le berceau de sa naissance devait se trouver à l'autre rive du Rhin.

— Vous avez raison, mon cher Hermann, répondit le bon père de famille ; et si vous voulez me prêter un instant d'attention, je vais terminer mon récit qui n'était encore que commencé.

« Jean Gutenberg donc, quand il eut trouvé les caractères mobiles, forma une association qui avait pour but de mettre en œuvre un art secret et merveilleux ; et ces associés étaient trois ouvriers qui jurèrent, sous serment, de garder fidèlement le secret qui allait leur être confié sur cette découverte ; alors Jean leur montra non-seulement les caractères qu'il avait inventés, mais encore il leur traça le plan d'une mécanique en planches serrées par des vis et dans laquelle ces caractères pouvaient s'adapter pour *composer* ou *décomposer* des mots, des phrases et des pages, quand les vis seraient soit serrées, soit ouvertes. — Voilà bien la presse dans son enfance, l'imprimerie s'efforçant de naître ; et si le nom n'en fut pas prononcé alors, c'est que ce mot lui-même n'était pas encore né ; mais cela n'empêche pas, comme vous le

voyez, que Gutenberg est le père de la typographie
et qu'il a droit à la reconnaissance du monde entier.

» Les premiers caractères qu'il composa sont restés
longtemps à Strasbourg, et j'ignore pourquoi cette
ville se les laissa enlever. Ils étaient sculptés en bois
et percés par le côté pour pouvoir être enfilés à la
suite les uns des autres, ce qui devait être fort peu
commode pour faire marcher une *composition* un
peu vite; pourtant Gutenberg s'en servit pendant les
dix ans qu'il resta à Strasbourg pour imprimer les
diverses choses qu'il fit paraître; aussi cette grande
cité peut-elle, ainsi que je vous l'ai dit, se regarder
à juste titre comme le berceau de l'imprimerie.

» Mais le pauvre Gutenberg n'était point destiné à
être heureux; tourmenté et trompé par ses associés,
il quitta tout à coup Strasbourg pour retourner à
Mayence, mais malheureusement il emmenait avec
lui la moitié de ses maux, sa pauvreté!

» Hélas! la coupe d'amertume que lui réservait
le sort était bien pleine encore, et des chagrins
bien autrement cruels l'attendaient dans sa patrie.

» Gutenberg qui sentait en lui-même que toutes
ses tentatives n'aboutissaient encore qu'à des essais
informes et stériles, qui voyait enfin que son œuvre
n'était toujours qu'une ébauche imparfaite de ce

qu'il rêvait et voulait créer, enfin que la flamme du feu sombre de son âme se consumait sans éclairer, Gutenberg se torturait en vain, car pour atteindre son but, il lui fallait de l'argent et il n'en avait pas.

» Que faire? renoncer à son œuvre? Il en eut un moment la terrible pensée; mais heureusement le courage lui revint; il songea à la hauteur de la mission qu'il avait entreprise, aux vingt-cinq ans d'étude qu'il lui avait consacrée déjà, et il alla se présenter plein d'ardeur à Jean Faust, le plus opulent orfèvre de Mayence, pour lui offrir une association.

» Faust était un homme adroit et retors, il écouta patiemment Gutenberg, puis, voyant dans la nouvelle découverte de celui-ci tout un avenir d'honneurs et de richesses, il consentit à l'association demandée avec l'intention bien formelle de posséder promptement tout seul ce qu'il était obligé de partager en ce moment, et cela en se faisant initier à tous les secrets de Gutenberg d'abord, puis en se défaisant ensuite sous un prétexte quelconque de cet associé importun, quand il sentirait qu'il n'en avait plus besoin; mais comme le moment n'était point encore venu de lever le masque, il se montra plein d'un intérêt généreux pour l'inventeur et s'associa à lui aux conditions les plus avantageuses pour le trop confiant Gutenberg.

» Aussi celui-ci, heureux et plein d'une nouvelle
ardeur, voulut-il de suite imprimer une bible pour
célébrer cette association, projet qu'il était plus facile
de former que d'exécuter ; car les caractères en bois
dont s'était servi jusque-là notre héros ne pouvaient
pas être employés pour une aussi grande œuvre.

» Il appela alors son génie à son aide ; et le feu
divin répondit à cet appel en faisant jaillir de son
esprit inventif la clef véritable de cette œuvre sublime qu'on appela l'imprimerie. Ainsi, il tailla
des poinçons, frappa des matrices, fit fondre des
lettres séparées, et cela avec l'aide d'un habile
ouvrier appelé Schœffer qui arrivait de Paris, lequel
Schœffer fut aussi momentanément adopté comme
associé par Faust et forma avec lui et Gutenberg
cette trinité qui, durant de longues années, resta
comme le symbole de l'invention nouvelle.

» La bible qui parut à la suite de toutes ces re
cherches formait deux volumes in-folio et avait six
cents pages. Elle courut l'Europe et y fut saluée
partout d'acclamations et de bénédictions générales.

» C'était une autre ère qui s'ouvrait, on le sentait et on en était fier et heureux.

» Hélas ! ce fut le moment de ce triomphe que
choisit Faust pour déposséder le créateur de cette
œuvre sublime, il accusa Gutenberg d'être son dé-

biteur pour une somme considérable, et celui-ci eut beau crié à l'imposture, comme Faust affirma par serment devant la justice la vérité de son dire, Gutenberg ne pouvant pas payer ce qui lui était si iniquement demandé, fut dépouillé de sa presse, de ses caractères, enfin' de tout le matériel de son imprimerie en faveur de l'orfévre, qui ne voulait pas autre chose.

» Ainsi dépouillé, Gutenberg trouva encore un associé et fit de nouvelles œuvres, tandis que Faust, puni justement par le ciel, fut arrêté et emprisonné comme sorcier ; mais bientôt se sentant affaibli et malade, notre héros se retira des affaires, vécut heureux et estimé à Mayence, où il mourut en 1468. »

En ce moment la barque où nous sommes entrés étant arrivée au débarcadère du quai de Kell, l'heureuse famille en descendit pour se mêler aux groupes nombreux de la foule venue à l'intention de fêter le plus grand bienfaiteur de l'humanité.

ROBERT FULTON

MÉCANICIEN

Né en 1767, mort en 1815.

— Que faites-vous donc là, Robert, au lieu d'aller vous habiller pour vous rendre au prêche? demandait d'un air fort scandalisé miss Mary Fulton, jeune servante à la métairie Little Britain en Pensylvanie; pourtant le révérend M. Sarrthil nous a promis pour ce jour un de ses meilleurs sermons, et vous avez, je le crois, grand besoin de conseils, mon cousin, ajouta-t-elle, en lui jetant un regard, pour lui demander s'il voudrait bien l'accompagner au temple; mais ne recevant pas de reponse à sa demande, elle tourna le dos à Robert d'un air qui montrait contre lui une vive mauvaise humeur.

Et en effet il était resté complétement absorbé dans ses pensées, l'indifférent garçon, sans prendre garde à la pauvre villageoise, qui passait dans le

7

pays pour la meilleure, la plus gracieuse et la plus jolie fille à bien des milles à la ronde.

Quel était donc l'objet qui absorbait ainsi les pensées de notre jeune homme, qu'à son costume on reconnaissait facilement pour un ouvrier, qu'il oubliât ainsi non-seulement la galanterie, mais même jusqu'à la plus naturelle politesse?

Cet objet était tout simplement un petit bateau grossièrement taillé et abandonné sur le ruisseau qui séparait la cour de la ferme, sans doute par un des enfants du métayer, lequel petit bateau avait échoué près des grandes herbes représentant une île sur cette mer liliputienne.

Robert ne s'aperçut donc pas du départ de sa cousine, pas plus qu'il n'avait vu entrer dans la cour un homme à l'aspect vénérable qui s'avançait vers lui; et ce ne fut que quand celui-ci lui eut touché le front en souriant qu'il releva vivement la tête.

— Toujours rêveur, mon pauvre Robert! toujours courant après l'inconnu, lui dit cet homme d'une voix douce et affectueuse.

Le jeune Fulton poussa un profond soupir.

— Que voulez-vous, monsieur Livingston, répondit-il, il me semble qu'il y a tant de choses qui manquent encore en ce monde, que je voudrais en trouver

au moins une pour laisser un souvenir de moi à la
postérité : la vapeur par exemple !

— Mais la vapeur, mon jeune ami, a été trouvée
plutôt deux fois qu'une, interrompit en souriant
M. Livingston tout en s'asseyant sur un petit tertre
à côté de Robert, pour pouvoir parler plus à son aise.
Ainsi les Français et les Anglais, qui seront toujours rivaux sous tous les prétextes du monde,
réclament, chacun de son côté, l'honneur d'avoir
donné le jour à l'admirable homme qui a découvert
la vapeur, l'un en présentant Salomon de Caus à la
postérité et l'autre James Watt.

— Et lequel croyez-vous avoir raison, vous,
monsieur Livingston, qui êtes un savant ? demanda
le jeune ouvrier avec intérêt.

— Hum !... hum !... c'est une question grave,
très-grave ! mon cher ami, fit M. Livingston en se
grattant l'oreille, comme font assez généralement
les gens embarrassés ; pourtant, quant à moi, je
trouve qu'il est suffisamment établi aujourd'hui que
la France a raison en soutenant que Salomon de
Caus est l'inventeur de la vapeur. Seulement, en
quoi elle a un tort impardonnable, c'est qu'elle n'a
pas su comprendre le génie de cet homme et
qu'elle a souffert que le cardinal de Richelieu le fît
enfermer, comme fou, à Bicêtre où il mourut misé-

rablement; tandis qu'au contraire l'Angleterre
soutint et protégea le jeune Écossais, James Watt,
quand il lui présenta ce qu'il appelait sa découverte
et ce qui n'était réellement que sa trouvaille.

— D'accord, monsieur Livingston, reprit Robert,
mais faites aussi la part de l'époque dans les torts
que vous reprochez à la France; ainsi Salomon de
Caus naquit à peu près vers 1600, je crois, et James
Watt est né en 1736; que de lumières un siècle
et demi apporte en ce bas monde!

— C'est vrai ce que vous dites là, Robert, fit
M. Livingston; mais racontez-moi un peu ce que
vous voulez faire de la vapeur maintenant qu'elle
est toute trouvée'

Robert poussa un nouveau soupir.

— Je voudrais la faire servir à la navigation, répondit-il avec embarras.

M. Livingston leva légèrement les épaules.

— Prenez garde, mon enfant, et calmez votre
imagination afin de ne pas laisser ainsi vos idées
errer dans le vague, car c'est comme cela que commence la folie, dit-il gravement; enfin prenez la
vie avec tout le sérieux qu'elle mérite. Voyons!
comment voulez-vous donc, à moins que les fées
des contes ne vous viennent en aide, faire marcher,
grâce à un peu de fumée légère, un bateau qui

nécessairement doit être fort lourd? Et elles reste-
ront dans les beaux livres dorés des enfants, ces fées
qui n'ont point été vos marraines, que je sache!...
donc, Robert, occupez-vous moins de chimères et
plus de votre état, car M. Bolton, votre patron, se
plaint de vous, et vous seriez fort embarrassé, s'il
vous priait d'aller chercher fortune ailleurs?

— Pas tant que vous croyez, monsieur Livingston,
répondit Robert en souriant à son tour, car je trouve
une occasion pour passer en Angleterre.

— En Angleterre! interrompit vivement le vieil
ami de Fulton; mais si cela est vrai, je veux dire
solide, ne négligez pas cette occasion de voir le
monde, mon enfant, les voyages forment les
hommes! et celui-là chassera, j'espère, les folles
rêveries de votre cervelle malade; donc partez vite,
Robert, et bon voyage je vous souhaite.

Robert prit entre ses mains la main amicale que
lui tendait le vieillard; et en effet peu de jours
après il s'embarquait pour l'Angleterre.

Mais là ses rêveries folles, comme disait M. Livingston, bien loin de l'abandonner, redoublèrent
d'intensité au contraire; malgré cela il étudiait, il
travaillait jour et nuit, car d'abord il lui fallait du
pain pour vivre, avant de pouvoir se procurer ce qui
lui était nécessaire pour son travail. L'éducation du

pauvre Fulton, resté orphelin à trois ans et élevé par charité dans une école de village, était si peu de chose qu'à peine s'il savait bien lire et bien écrire, ayant dû, avant tout, apprendre un état qui pût le faire exister. Il s'était fait mécanicien et peintre, et doué comme il l'était par le ciel, il avait fort bien réussi dans l'une et l'autre de ces deux choses.

Une fois en Angleterre ce fut dans la peinture qu'il chercha des ressources, et ayant fait, de souvenir, une vue de New-York qui fut mise, par un brocanteur, sous les yeux d'un riche Américain habitant Londres, celui-ci eut l'heureuse idée de demander que son jeune compatriote lui fût présenté, et ayant été séduit par l'air intelligent de Fulton, il s'intéressa à lui et se déclara son protecteur.

Notre brave Yankee redoubla d'ardeur alors, et après de grands efforts, il présenta à la Société d'encouragement de l'industrie et du commerce un moulin de son invention pour scier et polir le marbre, puis des machines pour filer le chanvre; et de tout cela il espérait merveille, mais de froides lettres de félicitation furent tout ce qu'il en reçut.

Dégoûté des Anglais par cet échec, Fulton, dont l'esprit était aventureux, comme celui de tout Amé-

ricain, voulut venir en France pour voir, s'il y serait mieux apprécié qu'il ne l'avait été à Londres,
et le hasard le servit tout d'abord en lui faisant
prendre le passage avec Robert Barker, un peintre
écossais qui venait de faire la découverte du pano-
rama, et qui allait aussi en France pour montrer
à Paris un de ses merveilleux tableaux.

Fulton s'associa à lui, non-seulement comme
artiste, mais encore comme ouvrier mécanicien,
et il réussit si bien que, quand Barker le quitta
pour retourner à Londres, il le laissait avec une
somme assez importante entre les mains.

Alors Fulton, voyant son existence assurée pour
quelques années du moins, se livra complétement
à ses recherches; et tout d'abord la vapeur lui
étant restée rebelle, il inventa des bateaux sous-
marins et sollicita l'appui du gouvernement d'alors
— c'était en 1798 — pour cette découverte qui
pouvait devenir si importante pour la France;
mais cet appui lui fut refusé.

Malgré ce nouvel échec, Fulton ne se découra-
gea pas, et voulant au contraire forcer le sort à lui
être favorable, il redoubla de travail, de recherches, de calculs, et enfin un jour la lumière se fit,
le bateau à vapeur fut découvert...

Transporté de joie, Fulton sollicite cette fois l'appui du premier consul, pensant que les hommes de génie doivent se comprendre! Il en obtient une audience, lui explique son système; mais Bonaparte lui tourna brusquement le dos en le traitant de songe-creux.

Alors, blessé mais non découragé par tous ces échecs répétés, Fulton dit adieu à la vieille Europe et part pour porter à la jeune Amérique, sa patrie, la découverte importante dont il veut doter le monde...

Nous voici en août, les brillants rayons du soleil levant reflètent une teinte dorée sur toute la nature; l'eau et le ciel sont de pourpre et d'azur, l'atmosphère d'une transparence italienne, et l'Hudson, ce beau et large fleuve, laisse couler doucement ses ondes ombragées par des cèdres et des pins à la sombre verdure, qui servent d'avantgarde à la forêt primitive, laquelle s'étend au loin et donne un cachet sauvage et solitaire à ces bords majestueux.

Tel est l'aspect de ces lieux, dans les temps ordinaires; mais ce jour-là une foule agitée et compacte se presse avec curiosité, inquiétude et gaieté sur les rives de l'Hudson.

— Comment! c'est Robert Fulton qui a imaginé cette vilaine chose-là? s'écrie une vieille dame en

montrant un bateau qui se balançait doucement sur
le fleuve, tandis qu'un tourbillon de fumée noire
s'échappait d'un énorme tuyau de cheminée placé
au milieu du pont; mais c'est offenser Dieu que
de gâter ainsi une de ses plus belles œuvres!...

— Un bateau n'est point une œuvre de Dieu, mais
celle d'un homme, miss Roxy, interrompit le capitaine Kittridge en se redressant; car moi qui vous
parle, j'ai mis la main à plus d'une de ces choses,
et je m'en vante comme d'une bonne action.

— C'est possible, ce que vous dites là, capitaine, répliqua l'honnête dame; mais je suis convaincue que jamais vous n'auriez voulu gâter un
navire par cette laide fumée noire qui ne servira
qu'à le salir, et cette longue cheminée qui semble
le doigt du démon levé vers le ciel, comme pour
lui faire une menace.

— Oh! j'ai bien peur qu'il y ait du vrai dans ce
que vous nous dites là, miss Roxy, fit une grosse
petite femme toute courte et toute ronde, en venant
se mêler à la conversation; et je crains que ce Fulton ne soit un fou qui s'inspire plutôt du démon
que du Seigneur, en voulant nous persuader
qu'avec de la fumée, pour remplacer les voiles et
les rames, on peut faire marcher un vaisseau sur
les ondes.

7.

— Mon cousin Robert n'est point un adorateur
ре Baal! tenez vous-bien ceci pour dit, mistress
Sally Pennel, — interrompit aigrement notre ancienne connaissance, Mary Fulton, devenue une
honnête matrone, ayant une demi-douzaine d'enfants et un brave homme de mari pour fortune,
— car Fulton a commencé par invoquer le Seigneur pour qu'il protége son œuvre, avant d'avoir
engagé tout le monde à venir la juger.

— Ma mère avait coutume de dire que si le Seigneur nous prenait au mot dans toutes nos prières,
nous serions bien désappointés quelquefois, reprit
d'un air sentencieux la grosse Sally qui ne voulait pas se laisser désarçonner par Mary Pridtge,
et je crois que c'est l'occasion d'appliquer cette
maxime...

Mais heureusement que des hourrahs bruyants
vinrent interrompre la conversation des deux commères, qui menaçait de devenir très-vive, car mistress Sally se préparait à répliquer avec colère. Ces
cris annonçaient que Fulton venait de descendre
sur la rive pour faire savoir que le bateau assez
chauffé allait partir, qu'il priait donc les curieux
qui voulaient bien faire l'épreuve avec lui de s'em-
presser pour s'embarquer au plus vite. Mais, hélas!
au lieu de trouver des compagnons de voyage dans

toute cette foule compacte, il ne rencontra que des incrédules, des plaisants et des insolents même ; car si quelques-uns, au lieu de se rendre à son invitation, haussaient les épaules avec pitié, d'autres lui riaient au nez en joignant des lazzis à leur hilarité ; et d'aucuns encore lui disaient des injures, en le traitant de fou stupide qui ne méritait que les petites maisons.

Aussi ce fut en s'arrachant les cheveux de désespoir que Fulton quitta seul la rive pour remonter sur son bateau, qui aussitôt battant l'onde de ses roues formidables, s'élança sur le fleuve comme un beau cheval lancé pour la course, tandis que Robert, sur le pont, laissait flotter au vent les boucles de ses cheveux argentés moins par l'âge que par les inquiétudes et le travail, et que ses yeux se levaient vers le ciel comme pour le prendre à témoin du succès qui venait couronner ses efforts.

Mais sur le rivage tout avait changé de face alors ; car cette foule ignorante, tout à l'heure si rieuse et si malveillante, en voyant *le Clermont* s'éloigner du quai et parcourir non-seulement majestueusement, mais encore rapidement le fleuve, à l'aide de ses puissantes nageoires, avait senti l'étonnement et l'admiration remplacer l'incrédulité ; aussi les acclamations et les applaudissements frénétiques succédèrent-ils promptement aux lazzis et aux injures.

L'écho renvoya à Fulton ces acclamations enthousiastes, et ce fut le plus heureux moment de sa vie, puisqu'il vit que son œuvre était enfin comprise et sa gloire assurée à jamais. — En effet, la cause de la vapeur appliquée à la navigation était désormais gagnée.

Au second voyage qu'entreprit Fulton, tout le monde voulut s'embarquer avec lui, et il eut autant de peine à empêcher l'encombrement de son bateau, que trop de monde eût pu faire sombrer, qu'il avait rencontré de difficulté à trouver des compagnons à son premier voyage; il y eut des coups échangés, le sang coula, et ce furent les plus forts qui restèrent en vainqueurs sur le bateau.

Mais cette masse gigantesque, qui dut marcher de nuit pour faire un trajet un peu long, fit naître une vive terreur, non-seulement parmi les habitants des rives de l'Hudson, mais encore dans les équipages des navires qui se trouvaient sur son passage; cette sombre fumée éclairée d'étincelles qui se lançait dans les airs, le bruit étrange des roues frappant l'onde à coups redoublés, tout cela semblait une œuvre infernale; aussi les matelots se précipitaient-ils à fond de cale pour éviter ce

monstre inconnu, tandis que les riverains priaient
le ciel avec ferveur de les en délivrer.

Mais peu à peu ces frayeurs puériles se calmè-
rent, et des bateaux à vapeur réguliers furent éta-
blis à New-York.

Malheureusement, si la découverte de Fulton ne
resta pas stérile, il était dans la destinée de celui-ci
de ne pas en récolter les doux fruits. Ainsi, ayant
vu une foule de bateaux faits suivant son système
s'établir en concurrence avec les siens, il eut la
douleur, dans un des nombreux procès qu'il dut
soutenir pour faire respecter ses droits, d'entendre
l'avocat de la partie adverse lui contester la gloire
d'avoir le premier appliqué la vapeur à la navigation.

Cette insigne mauvaise foi, qui fit naître dans
l'âme de l'illustre inventeur un doute sur l'injustice
dont la postérité userait peut-être envers lui, non-
seulement blessa son cœur, mais encore lui porta
un coup mortel. Il s'évanouit à l'audience, et on fut
obligé de le rapporter chez lui, car il tremblait la
fièvre d'une façon si terrible qu'il ne pouvait plus
se soutenir, — ce fut cette fièvre qui l'enleva, le
24 février 1815, à l'âge de quarante-neuf ans.

« Jour de deuil, jour de louanges, » dit le proverbe ; et jamais ce proverbe ne peut être mieux

appliqué qu'en cette circonstance, car à peine le pauvre Fulton fut-il mort, que l'Amérique comprit toute la grandeur de celui qu'elle venait de perdre ; aussi jamais la mort d'un simple citoyen n'excita de regrets plus universels.

Dès que cette triste nouvelle se fut répandue, la douleur publique se manifesta d'une manière éclatante ; non-seulement les hommes, mais encore les femmes prirent le deuil pour trente jours ; les journaux s'encadrèrent de bandes noires ; les autorités de New-York, toutes les corporations, le sénat, le parlement et les diverses sociétés savantes assistèrent en corps à ses funérailles, qui furent splendides ; mais tous ces honneurs tardifs ne rendaient pas à l'ingrate Amérique le grand homme qu'elle avait tué, et cela bien malheureusement pour elle, car il était encore en âge de lui rendre d'utiles services.

Ainsi s'éteignit, étant dans l'été de la vie et dans toute la vigueur de son talent, un homme qui, sorti des derniers rangs de la société, privé de toute éducation première, sans autre guide que son intelligence naturelle, sans autre appui qu'un ardent amour du travail, sut non-seulement poursuivre, mais encore réaliser les projets les plus gigantesques qu'il peut être donné à la cervelle humaine

de créer. Mais doué des sentiments les plus nobles,
de la conscience la plus droite et de l'âme la plus
généreuse, Fulton manifesta toujours une grande
répugnance pour toute spéculation mercantile :
c'était son pays, disait-il, qu'il voulait servir, et non
la fortune; aussi ne laissait-il que la gloire pour
héritage à ses enfants.

JACQUES AMYOT

GARÇON BOUCHER

Né en 1513, mort en 1593.

Dans une salle du vieux Louvre, le jeune roi Charles IX était assis, tout rêveur, sur une de ces grandes chaises à haut dossier qui font aujourd'hui le bonheur des artistes et des antiquaires ; il mordillait ses doigts, tout en envoyant de temps à autre un coup de pied à deux beaux lévriers couchés près de lui ; en un mot, il donnait toutes les marques d'une impatience vive, mais contenue. Tout à coup il porta à ses lèvres un joli sifflet d'argent qui pendait à sa ceinture et en ayant fait sortir un son aigre et perçant, un page se présenta aussitôt devant lui :

— Qu'on aille me quérir sur l'heure Jacques Amyot, mon professeur et aimé maître... dit-il d'une voix brève.

Le page s'inclina profondément, sortit pour exé-

cuter l'ordre qui lui était donné, et, peu d'instants
après, un homme de haute taille, dont la figure
était fine, sans être belle, et qui portait plutôt avec
orgueil qu'avec noblesse le riche costume dont se
revêtaient à cette époque les grands dignitaires de
l'Église, entra dans la salle où se tenait le roi.

— Ah! c'est vous enfin, maître Jacques!... s'é-
cria Charles en le regardant avec colère, faut-il
donc qu'on vous fasse quérir pour qu'il vous re-
vienne en mémoire votre devoir auprès de nous...
et je m'ennuie fort tout seul, vous savez.

Amyot jeta un regard de pitié sur le pauvre sire :

— Un roi s'ennuyer!... s'écria-t-il, quand il a le
pouvoir de faire tant et de si belles choses...

Mais voyant que ces paroles qu'il venait de laisser
échapper malgré lui blessaient son royal élève, il
reprit aussitôt : — Je croyais que Votre Majesté devait chasser aujourd'hui au faucon dans la plaine.

— C'est vrai, Amyot, je devais prendre ce plaisir, mais le roi propose et madame Catherine dispose, tu sais bien, répondit le roi avec aigreur; or,
tu sauras que cette tendre mère s'est opposée formellement à ce que je mette à exécution mon projet, dans la crainte que le brouillard du matin ne
soit contraire à notre royale santé; elle nous aime
si fort, la reine-mère...

Et, en prononçant ces paroles, la voix de Charles IX devint sifflante et ses yeux lancèrent des
éclairs.

— La reine-mère a eu raison, sire, fit doucement Amyot, car en ce moment le vent est aigre,
la bise souffle la froidure et...

— Vous prenez ainsi parti pour madame Catherine, mon maître, interrompit Charles avec impatience ; elle ne vous aime cependant pas trop, vous
le savez de longue date ; car d'abord elle s'opposa
de toutes ses forces à ce que le roi Henri II, notre
seigneur et père, vous confiât notre gouverne, et,
de plus, elle m'engagea souvent « à me défaire de
ce petit prestolet qui avait osé lui tenir tête, si je ne
voulais pas qu'elle lui fasse un méchant parti... »
Vous avez bien peu de mémoire, Jacques Amyot !...

— La mémoire n'empêche pas la raison, sire, et
je répète à Votre Majesté que madame la reine-
mère...

— Par le ciel, taisez-vous !... s'écria le roi en
frappant du pied avec colère, ne songez-vous donc
pas à ce que je suis et à ce que vous êtes ?...

— Vous êtes mon cher sire et seigneur roi, dont
je suis le serviteur et maître indigne, répondit avec
douceur Jacques Aymot.

— Ce n'est pas cela !... ce n'est pas cela ! cria plus

fort encore Charles, en tombant dans un de ces accès de fureur qui tenaient, chez lui, plus de la maladie que du caractère, vous êtes un fils de boucher... un gardeur de bêtes... un ouvrier... un pauvre... un misérable... voilà ce que vous êtes... et moi je suis...

Amyot jeta un regard de pitié sur le malheureux roi dont les paroles furent arrêtées sur les lèvres par un flot d'écume, tandis que ses yeux injectés de sang étaient devenus hagards, et, s'agenouillant devant lui, il lui fit respirer l'essence d'un flacon qu'il avait dans sa poche, puis prenant entre les siennes les mains glacées du roi, il les couvrit de baisers en murmurant :

— Charles !... mon cher sire, revenez à vous, c'est votre fidèle maître et ami qui est à vos côtés... reprenez vos esprits, mon bien-aimé seigneur.

Le roi regarda tout à coup autour de lui, comme s'il fût sorti d'un rêve étrange ; puis, laissant tomber sa tête sur l'épaule d'Amyot, il s'y endormit d'un profond sommeil.

Mais pendant que Charles repose, faisons plus ample connaissance avec l'homme agenouillé devant lui.

Jacques Amyot qui était, en effet, le fils d'un boucher de Melun, partagea, tout enfant, les travaux de son père; mais, comme celui-ci, colère et ivrogne, brutalisait sans cesse le pauvre petit Jacques, l'enfant se trouvait si malheureux à la maison paternelle qu'un jour, ayant été battu plus fort que de coutume, il se sauva en se mettant sous la garde de Dieu, car il n'avait ni un sou ni un morceau de pain dans sa poche.

Après avoir couru toute la journée droit devant lui et sans but, le pauvre enfant tomba de faim et de fatigue dans un champ de la Beauce qui avoisinait les murs du couvent dont il était une dépendance. En ce moment un moine entrait aussi dans le champ, il vit le petit malheureux, en eut pitié et l'emmena aussitôt avec lui au couvent pour lui donner les secours dont il avait besoin, c'est-à-dire un bon souper et un bon lit.

Jacques fit parfaitement honneur au repas, se coucha avec un bonheur indicible et s'endormit pour douze heures sans bouger une seule fois. Aussi, à son réveil, était-il frais et dispos comme s'il n'eût pas marché la veille; et en voyant auprès de son lit le bon père qui lui souriait avec tendresse, il se crut en paradis.

— Que sais-tu faire, petit?... lui demanda le père, je voudrais te garder ici, par conséquent t'y occuper suivant tes talents, ton âge et tes forces.

— Je ne sais rien, répondit l'enfant en baissant la tête avec honte, mais je voudrais bien savoir quelque chose pourtant, et j'apprendrai tout ce que vous voudrez.

Son interrogateur le regarda en souriant.

— Et qu'est-ce que tu voudrais bien savoir, par exemple ?... fit-il avec bonté.

— Tout mon père ! tout !.., s'écria Jacques les yeux brillants et les lèvres frémissantes.

Le moine leva les épaules et secoua la tête en disant :

— Tout ! c'est beaucoup, mon petit homme, et qui parle ainsi ne veut rien apprendre. Mais ayant jeté les yeux sur l'enfant dont la figure était illuminée par un éclair de génie, il reprit aussitôt. — Eh bien ! je t'apprendrai toujours à lire, et si le Seigneur notre Dieu veut te conduire plus loin, il te montrera ta route ; en attendant, comme il faut que tu gagnes ton pain par ton travail, tu mèneras paître les bœufs du couvent à la place de notre bouvier, qui est devenu trop vieux et trop faible pour continuer son service.

L'enfant bondit de joie en entendant cette proposition ; — et vous me montrerez à lire ? bien vrai ! bien vrai ! s'écriait-il en frappant ses petites mains l'une contre l'autre.

Le bon père promit de nouveau, et Jacques devint commensal du couvent.

Ce pacte fut rempli de part et d'autre avec une grande fidélité, et pendant deux ans, le petit Jacques apprit tout ce qu'on put lui montrer en ce lieu. Mais de plus en plus altéré de science et voyant que la source en était tarie pour lui chez les moines, Amyot prit congé de ses protecteurs et s'achemina vers Paris, où il voulait étudier en Sorbonne.

Mais hélas! alors comme aujourd'hui l'argent seul ouvrait les portes, et le pauvre Jacques n'en possédant pas, — il n'avait que seize sous en poche pour toute fortune, — se mit au service des écoliers afin de pouvoir ainsi, non-seulement vivre, mais de plus assister à leurs leçons; et tout en gagnant durement son pain de chaque jour, il trouvait encore le moyen, en travaillant une partie des nuits, d'étudier et de se faire si savant, que ce fut lui qu'on indiqua à Jacques Collin, quand celui-ci cherchait un homme assez lettré pour l'aider dans une traduction grecque qu'il voulait faire.

Mais, s'il était devenu savant, Amyot était toujours resté pauvre, et Jacques Collin, qui, sur le conseil d'un professeur de Sorbonne, s'était mis à sa recherche, le trouva dans un misérable grenier, où il travaillait à la lueur de quelques charbons embrasés, n'ayant pas le moyen de se payer du luminaire.

Mais avec Jacques Collin, qui était aumônier et lecteur du roi, la fortune était entrée dans le grenier du pauvre Amyot, et, comme elle ne vous ramasse pas si bas, pour vous abandonner en route, quand c'est le génie qui lui sert de guide, bientôt son nouveau favori se vit non-seulement comblé d'honneurs et de richesses, mais encore le roi Henri II le nomma précepteur des princes ses fils.

Malheureusement Amyot ne fut chargé que de leur éducation littéraire, Catherine de Médicis, leur mère, se réservant leur éducation morale et politique, — l'histoire n'a que trop cruellement enregistré ce qu'elle leur apprit !

Malgré cette terrible influence, les jeunes princes s'attachèrent sincèrement à leur gouverneur, et Charles IX, devenu roi, n'oublia jamais son maître qu'il aimait véritablement, quoique souvent dans des accès de fureur il se plût à l'humilier en lui rappelant la bassesse de son origine ; mais il y avait deux natures bien distinctes dans ce malheureux roi : l'une imprimée et viciée par sa mère, et l'autre élevée vers le bien par Amyot...

Charles IX dormit longtemps couché sur l'épaule d'Amyot, comme un enfant sur le sein de sa nourrice' et sans que celui-ci osât faire le plus léger mouvement dans la crainte de réveiller son cher malade ; enfin le roi ouvrit les yeux, mais la figure calme et sereine comme le ciel après un orage, et jetant un regard affectueux sur son soutien, il se prit à lui dire avec affection :

— Tu dois être bien fatigué, mon maître, du fardeau que je t'ai donné à porter si longtemps... Eh bien ! sieds-toi près de moi et devisons ensemble ainsi que nous le faisions jadis, quand je n'étais pas destiné à charger mon front de la couronne de France.

Comme Amyot se disposait à obéir au roi, des aboiements joyeux retentirent dans la cour du Louvre, un piétinement de chevaux se fit entendre, pendant que les seigneurs et les gardes arrivaient en foule ; et la porte du salon où se trouvaient Charles et son maître s'étant ouverte, la reine-mère se montra sur le seuil et se prit à dire au roi d'une voix douce et tendre :

— Le méchant brouillard que je craignais pour vous est dissipé, mon fils, aussi, comme rien ne s'oppose plus à vos projets, vos équipages de chasse vous attendent.

Charles IX, sans répondre à Catherine, se leva brusquement, passa devant elle comme un enfant boudeur et s'éloigna à grands pas, tandis qu'elle jetait un regard de haine sur le pauvre Amyot, qu'elle rendait responsable de la conduite du roi envers elle.

Non-seulement le roi Charles IX, mais encore Henri III, son successeur, comblèrent Amyot de richesses et d'honneurs, sans parvenir à contenter l'ambition insatiable de cet homme illustre ; aussi la fortune se lassa-t-elle de le servir et lui devint-elle tout à coup aussi contraire qu'elle lui avait été favorable, entraînant avec elle et richesses et honneurs bien plus rapidement encore qu'elle ne les avait apportés.

Amyot, accusé à tort par les révoltés d'avoir donné de mauvais conseils aux rois ses maîtres, et pour la Saint-Barthélemy, et pour l'assassinat du duc de Guise, fut dépouillé de ses biens, menacé de mort et obligé de fuir. Il se cacha où il put, espérant toujours qu'Henri III reprendrait son pouvoir et lui rendrait sa fortune ; mais l'assassinat de Jacques Clément mit fin à son espoir ; alors, presque nu et mourant de misère, il fut trop heureux de trouver un refuge dans l'hôpital d'Orléans, où il mourut en 1593 à l'âge de quatre-vingts ans.

Jacques Amyot, ce fils d'un ouvrier qui fut aussi ouvrier lui-même, est le véritable père de la langue française, et l'un des plus illustres dans cette glorieuse pléiade littéraire dont notre belle patrie est si fière à juste titre !

8

ANDRÉ ROUBO

MENUISIER

Né en 1727, mort en 1770.

Par une triste et froide journée de décembre 1742, au moment où le jour pâle et blafard se levait à grande peine, un misérable enfant d'une quinzaine d'années, si pauvrement vêtu que son corps était presque nu, que ses dents claquaient et que tous ses membres tremblaient comme des branches d'arbres agitées par la brise, cherchait, au milieu des tas d'ordures qui encombraient la rue Saint-Denis, de petits morceaux de graisse qu'il mettait avec soin de côté à mesure qu'il en trouvait. Mais pendant que le misérable enfant se livrait à ses recherches, une grande et grosse commère, bien emmitouflée dans une énorme mante vint à passer près de lui.

— Que cherches-tu donc là, petit drôle? s'écria-t-elle brusquement, est-ce que tu crois, par exemple, que tu vas trouver un fagot ou une culotte, que tu fouilles ainsi dans les ordures?

L'enfant se redressa vivement en disant :

— Je ne fais pas de mal, n'est-ce pas? eh bien laissez-moi à mes affaires et mêlez-vous des vôtres.

— Ah! c'est sur ce ton-là que tu chantes, mon jeune coq?.. exclama la mère Leloup, poissonnière aux halles et peu endurante par caractère, en sortant de dessous sa mante un énorme poing fermé qu'elle plaça sous le nez de l'enfant, tu vas laisser là ce que tu as pris et te sauver plus vite que ça, ou j'appelle le guet, et tu sais ce qui te pend au nez si tu es pincé par lui, n'est-ce-pas ?

L'enfant frissonnait dans tout son corps, mais ce n'était plus de froid maintenant, et il laissa tomber de sa main, où il les tenait précieusement enfermés, les sales morceaux de graisse qu'il avait ramassés dans les ordures.

La mère Leloup, qui au demeurant était une excellente femme, fut attendrie, en voyant la soumission de l'enfant:

— Pauvre petit! murmura-t-elle, c'était peut-être pour se faire de la soupe qu'il ramassait de pareilles ordures.

Et le résultat de cette pensée fut qu'elle se sentit une sympathie vive pour celui que, quelques instants auparavant, elle voulait faire empoigner par le guet, et, aussi prompte à agir qu'à parler, elle prit prestement le bras du petit malheureux dans ses formidables mains, puis attirant l'enfant sous son manteau, elle le serra contre elle pour le réchauffer, tout en lui disant d'une voix qu'elle s'efforçait de rendre douce :

— Allons petiot! parle à la mère Leloup, qui n'est pas aussi méchante que son nom, je t'assure! u as faim, n'est-ce pas? eh bien, marche avec moi, je vais prendre un peu de vin chez le marchand du coin, qui est mon frère, et je t'en donnerai avec une miche de pain.

Et comme en achevant ces mots elle se mit à marcher, tout en entraînant l'enfant qu'elle tenait pressé contre elle, celui-ci se laissa emmener sans la moindre résistance.

Une fois chez le marchand de vin, la mère Leloup, qui était de la maison, entra dans un cabinet où flambait un bon feu de tourbe, sortit une bouteille d'une armoire, prit une miche dans une autre, et ayant fait asseoir l'enfant devant une table, elle lui versa du vin, lui donna un énorme morceau de pain, puis s'étant servi elle-même un verre tou

rempli, elle montra si bien l'exemple à son jeune
convive, que celui-ci le suivit aussitôt.

Quand elle vit que l'appétit de l'enfant commençait à être satisfait, elle dit en souriant :

— Eh bien, mon bichon, c'est le moment des
confidences, mais commence d'abord par m'avouer
qu'un morceau de pain sec vaut bien mieux que la
mauvaise soupe que tu voulais faire avec les sales
ordures de la rue.

— Ah ! madame, je n'allais pas faire de soupe
avec cette graisse-là !.. répondit vivement le pauvre
enfant, à qui le feu et la nourriture avaient rendu
le courage.

— Bah !.. fit la mère Leloup avec surprise, eh
bien, qu'est-ce que tu allais donc en faire, alors?

— Je voulais en faire un lampion... dit l'enfant
en souriant.

— Un lampion !.. exclama la poissonnière, tu as
donc une fête à souhaiter, mon pauvre mioche?....
fallait le dire tout de suite ; mais, ne te tracasse pas,
je te donnerai un beau bouquet en place, et foi
de mère Leloup, ça vaudra mieux que ton lampion !...

— Merci, madame, merci, dit l'enfant, touché de
la bonté de sa protectrice, hélas! je n'ai personne à
fêter, et un profond soupir s'échappa de son cœur;

ce lampion était pour m'éclairer durant la nuit, afin que je pusse travailler, parce que je suis si pauvre que je n'ai pas le moyen d'acheter une chandelle.

La grosse poissonnière essuya ses yeux pour les débarrasser des larmes qui étaient venues les remplir, tout en s'écriant :

— Eh bien, mon enfant, tu auras des chandelles, et c'est la mère Leloup qui les payera, puisque c'est pour travailler qu'il t'en faut !... mais tu n'as donc plus ta mère, mon ami, que tu es ainsi dans les peines ?

— Ma mère est morte quand j'étais tout petit, interrompit l'enfant tristement.

— Et ton père, petit, est-ce qu'il est défunt aussi ?

L'enfant détourna la tête sans mot dire, et l'excellente femme qui comprit cette réponse, continua ainsi son interrogatoire.

— Et comment t'appelles-tu, toi, puisque tu n'as plus que toi dans ce monde ?

— André-Jacob Roubo...

— Roubo !.. s'écria la poissonnière, est-ce que tu serais par hasard le fils à ce malheureux Roubo, le menuisier, un ivrogne qui a tant battu sa femme qu'elle en est morte avant l'âge ?

— Oui, madame, murmura l'enfant en cachant sa tête dans ses mains.

— Eh bien, ce n'est pas à toi d'avoir honte...
c'est à lui le méchant, s'écria l'excellente femme en
détachant les mains de l'enfant et l'embrassant tendrement, — c'est le bon Dieu qui t'a mis sur mon
chemin. Je n'ai pas d'enfant, tu n'as pas de mère, je
t'adopte ; ça te va-t'il ?

André, pour toute réponse, se jeta au cou de sa
protectrice et la couvrit de baisers et de larmes.

Personne ne méritait mieux l'appui de la Providence que le pauvre petit Roubo ; élevé sans mère,
par un père sans conduite, il recevait plus de coups
que de pain ; heureusement que l'élévation de son
cœur et son bon naturel, non-seulement le préser-
vèrent du péril auquel aurait pu l'entraîner l'exemple paternel, mais encore lui firent comprendre
que, pour s'élever au-dessus des autres, il lui était
nécessaire d'acquérir l'instruction que son père
n'avait pas songé à lui faire donner ; aussi, tout
petit encore, son unique ambition fut-elle d'apprendre à lire, et il y parvint grâce à la complaisance d'une voisine à laquelle il faisait des commissions comme échange de ses leçons. Puis, quand
il fut mis en apprentissage chez un menuisier, il
employait à acheter des livres et des modèles de
dessin presque tout l'argent qui lui était donné
pour se nourrir et se vêtir, et les plus dures priva-

tions lui semblaient douces, si elles le conduisaient
à étudier.

C'est pourquoi, ainsi qu'on l'a vu plus haut, la
modicité de ses ressources ne lui permettant pas de
faire l'acquisition d'une chandelle, il allait ramasser, dans la rue, les mauvaises graisses jetées avec
les ordures, afin de faire des lampions pour s'éclairer
durant les longues nuits qu'il consacrait au travail.

Mais Dieu, qui n'abandonne jamais ceux qui
veulent fermement parvenir à l'aide de l'honnêteté
et du travail, mit, comme on l'a vu, sur le chemin
de l'enfant la bonne mère Leloup pour lui servir
de providence visible sur la terre.

Voici donc notre jeune ouvrier heureux, c'est-à-
dire bien vêtu, bien nourri et libre de consacrer
une partie de ses nuits à l'étude, car l'honnête poissonnière l'a pris en son logis et le traite comme s'il
était son fils ; aussi, libre de soucis, l'amour de la
science se développe de plus en plus dans l'âme
d'André, qui, tout en conservant son travail comme
apprenti menuisier, consacre le temps de ses récréations, c'est-à-dire celui qui lui est accordé pour ses
repas, pour suivre des cours d'architecture ; ce qui
fait que, lorsque le soir arrive, le pauvre enfant revenu mourant de faim au logis protecteur, heureusement y trouve la mère Leloup, qui, tout en le

grondant et l'embrassant à la fois, lui sert un souper copieux; mais à peine la dernière bouchée de ce souper est-elle achevée, qu'il reprend ses livres et ses crayons.

— Tu te tueras! s'écrie toujours la bonne femme, tandis qu'André répond invariablement :

— Non, mère, soyez tranquille, je me porte à merveille; mais je veux vous rendre un jour ce que vous me donnez aujourd'hui.

Et il eut la gloire d'arriver au but de ses désirs, le laborieux enfant! car son professeur l'ayant distingué d'entre ses élèves, le prit en amitié et lui donna par affection, chaque soir, des leçons particulières, lesquelles leçons, aidées de lectures faites avec fruit, conduisirent le jeune ouvrier à faire un travail très-important sur l'art du menuisier, travail qu'il présenta à l'Académie des sciences en 1769, et qui lui mérita non-seulement une mention honorable, mais encore des lettres de maîtrise, distinction fort difficile à obtenir alors.

Le jeune âge de Roubo, sa vive intelligence et sa science réelle intéressèrent en sa faveur le duc de Chaulnes qui lui prêta des fonds pour établir un grand atelier de menuiserie dans le faubourg Saint-Jacques, atelier où on confectionnait de tout, et qui faisait vivre un si grand nombre d'ouvriers, que

8.

non-seulement le bon Louis XVI vint le visiter, comme encouragement, mais encore qu'il lui accorda sa royale protection.

Voici donc notre jeune maître sur le chemin de la fortune où il fut assez heureux pour rencontrer la gloire, et voici comment :

Le commerce des grains, resserré dans les galeries circulaires de la Halle au blé, demandait à cors et à cris un emplacement autre que la vaste cour servant de centre à ces galeries où on était exposé à tous vents.

A ce moment arrivèrent les fêtes qui eurent lieu pour la naissance du Dauphin, et à cette occasion, la même cour dont nous venons de parler, fut choisie pour y donner le bal destiné aux dames de la Halle, cour que forcément il fallut couvrir avant d'orner, — une toile goudronnée fut chargée de remplir cet office.

Tout naturellement, le jeune Roubo accompagna la mère Leloup à ce bal, offert à la corporation de celle-ci, et comme il regardait avec curiosité la décoration de cette salle improvisée, son attention fut appelée par une conversation qui se tenait à ses côtés entre plusieurs hommes lui paraissant des personnages importants.

C'étaient, en effet, des inspecteurs de la ville.

— Pourquoi, disait l'un, ne couvrirait-on pas tout à fait cette cour? elle serait ainsi fort propre à remplir le but que veulent atteindre messieurs les minotiers.

— Pourquoi? pourquoi? parce que vous proposez là une chose bien difficile, répliqua vivement un autre.

— De difficile à impossible il y a un grand pont, ce me semble? reprit le premier interlocuteur; je crois alors qu'on pourrait le tenter.

— Monsieur a dit difficile par politesse, car c'est impossible qu'il eût dû dire, interrompit un troisième personnage; il vaut donc mieux chercher autre chose que courir après une chimère.

— Pardonnez-moi, messieurs, fit poliment Roubo en s'avançant vers les causeurs, si j'ose vous dire que vous vous trompez en regardant comme une impossibilité de couvrir cette cour, tandis que c'est une chose très-facile au contraire.

Les trois hommes le regardèrent avec une surprise mêlée de dédain.

— Qui êtes-vous donc, mon petit ami, pour vous poser ainsi en personne d'importance? lui demanda l'un d'eux d'un ton moqueur.

— Je suis André Roubo, le menuisier, répliqua l'ouvrier en saluant derechef.

A ce nom connu, grâce à la protection royale, nos hommes changèrent de façon, complimentèrent l'heureux ouvrier sur la réputation dont il jouissait; bref, la suite de tout ceci fut que maître Roubo reçut la commande de couvrir la cour, et que, s'inspirant de Philibert Delorme, alors complétement oublié, il fit un véritable chef-d'œuvre, en menuiserie et en charpente, dans la coupole de la Halle au blé; travail admirable qui fut dévoré par les flammes en 1812, mais qui, lorsqu'il parut, rendit le nom du jeune ouvrier célèbre dans toute l'Europe; aussi de partout lui commandait-on des combles à la Roubo.

Hélas! la fortune se retira devant la gloire!... car la révolution (dont l'enthousiaste ouvrier avait été un des partisans les plus ardents) le ruina complétement; mais il supporta le malheur avec un stoïcisme digne des temps antiques. — Nommé capitaine de la garde nationale, il voulut, malgré une fièvre lente qui le minait sourdement, assister, à la tête de sa compagnie, à la grande fédération du Champ de Mars en 1790; et les fatigues de cette journée, accompagnées d'une pluie d'orage dont il fut traversé, augmentèrent tellement son mal, que quelques jours après il n'était plus...

Cette perte fut vivement sentie par tous les ouvriers de la capitale, qui estimaient et aimaient le pauvre Roubo. Aussi ses funérailles furent-elles glorieuses et imposantes, un nombreux cortége les suivit religieusement jusqu'à leur dernière demeure, et sa tombe fut couverte de larmes et de couronnes.

De plus, le gouvernement d'alors, pour récompenser le mérite de cet *ouvrier illustre*, fit élever ses enfants aux frais de l'État et donna une pension de trois mille livres à sa veuve.

ANDRÉ LE NOTRE

JARDINIER

Né en 1613, mort en 1700.

De jeunes et brillants seigneurs tout couverts de rubans et de dentelles, et tout parfumés d'ambre se promenaient en devisant gaiement, dans l'une de ces longues et belles allées du parc de Versailles, qui conduisent aux bains d'Apollon. L'un d'eux paraissait raconter une histoire qui entraînait l'hilarité générale, quand tout à coup, à leur grande stupeur, le roi Louis XIV sortit du berceau et se présenta devant eux.

— Que narrez-vous donc là, monsieur de Chaulnes, pour appeler ainsi la joyeuseté de vos auditeurs? demanda-t-il en se tournant d'une façon aimable vers celui qui venait de parler.

Le duc de Chaulnes s'inclina d'abord profondément devant le roi, puis il répondit en laissant voltiger un sourire sur ses lèvres :

— Je racontais, sire, une chose vraie, mais

qui est tellement invraisemblable, qu'elle me semble incroyable à moi-même qui en ai été le témoin.

— Et quelle est cette chose? monsieur, demanda le roi avec curiosité.

— Attaché à l'ambassade que Votre Majesté envoie près de la cour de Rome, mission dont je reviens en ce moment, fit le duc en s'inclinant derechef devant le roi, je me promenais un jour dans les jardins du Vatican et là je causais avec Le Nôtre, le jardinier de Votre Majesté, venu à Rome pour se perfectionner dans son art, en voyant les jardins Borghèse, Pamphili, etc.', etc., quand tout à coup le Saint Père se présenta à nous. Le Nôtre et moi nous voulûmes nous mettre à genoux selon l'usage; mais avec une grande bonté le pape nous en empêcha, nous adressant les paroles les plus flatteuses et les plus glorieuses pour notre cœur, puisqu'il nous félicitait de vivre sous les lois d'un prince si grand, si illustre que sa renommée s'étendait sur toute la terre. En entendant Sa Sainteté parler ainsi, mon âme tressaillit d'allégresse et d'orgueil; mais Le Nôtre, — et je prie votre Majesté d'ajouter foi à mes paroles, — Le Nôtre s'élança au cou du pape et l'embrassa avec la plus vive tendresse.

Louis XIV se prit à sourire doucement.

— Je vous crois, monsieur de Chaulnes, dit-il,

et j'ai d'excellentes raisons pour cela, car Le Nôtre agit complétement avec moi d'une façon semblable : quand je lui dis quelque chose qui lui
plaît, il m'embrasse[1].

Et le roi, voyant la surprise dédaigneuse qui se
peignait dans les yeux de ses auditeurs, reprit
d'une voix grave :

— Je ne me blesse pas, *moi*, de ce que vous trou-
veriez peut-être une familiarité déplacée près de
vous, messieurs, car je sais honorer en Le Nôtre
l'homme de bien et l'ouvrier habile dont le nom
sera, je le crains, enregistré par la postérité d'une
façon beaucoup plus illustre qu'elle ne le fera
pour le plus grand nombre de ceux qui m'entourent.

Et après avoir prononcé ces mots, Louis XIV
tourna le dos aux jeunes rieurs tout contrits, et
rentra dans le bosquet d'Apollon d'où il venait de
sortir.

En effet, le fils de Louis XIII aimait beaucoup
Le Nôtre et s'intéressait fort à ses travaux; il l'avait
connu quand ils étaient encore enfants tous deux,
car le père d'André était lui-même jardinier attaché au parterre du château de Saint-Germain. Le

---

1. Malgré son invraisemblance, ce fait est historique.

Nôtre était donc né au milieu des fleurs, pour lesquelles il professait la tendresse la plus vive, les regardant comme ses amies, ses sœurs, et il les étudiait et les consultait sans cesse.

— Elles sont moins méchantes que les hommes, et elles conseillent beaucoup mieux, répondait-il, quand il fut devenu grand, à ceux qui le plaisantaient sur son amour passionné pour les plantes; et elles le conseillaient bien, en effet, car un jour que Louis XIV, fort jeune encore, se promenant tristement au milieu du parterre, s'arrêta un moment près de lui pour le voir travailler à former une corbeille, il se permit à dire au roi :

— Votre Majesté ne s'amuse guère ici, et cela se comprend, ces jardins sont si laids !...

— Qu'est-ce à dire ! s'écria le jeune roi moitié souriant, moitié fâché; vous osez prétendre, maître André, que ces jardins, tracés sous l'habile direction de Marie de Médicis, notre royale aïeule, sont mal faits : serait-ce pour nous faire croire, par hasard, que vous feriez beaucoup mieux que cela n'est?...

Le Nôtre secoua la tête en répondant aussitôt :

— Peut-être, sire !... mais du moins, si je ne fais pas mieux, je ferai autre chose, et autre chose à voir, c'est déjà beaucoup quand on s'ennuie.

Le roi poussa un profond soupir.

— Tu as raison... murmura-t-il. Eh bien, André, change tout cela à ta guise, je t'en donne l'autorisation.

Et Louis XIV s'en alla tout songeur, car à ce moment il était encore sous la tutelle du cardinal Mazarin, et il souffrait de ce joug qu'il n'osait rompre.

Mais, sans s'inquiéter du cardinal et sur cette parole du seul vrai maître, Le Nôtre bouleversa tout dans les jardins ; il fit enlever les innombrables statues que, suivant le goût italien, Marie de Médicis avait entassées autour de la terrasse, traça de belles et droites allées, planta de hautes charmilles, enfin créa ces superbes jardins à la française que toutes les autres nations imitèrent à leur tour.

Cet immense travail, auquel le roi se plaisait à assister, eut le don de le distraire un moment ; mais les jardins achevés, quand il les eut bien admirés lui-même et fait admirer aux autres, il fut repris de tristesse et d'ennui, s'imaginant que c'était la vue des clochers de Saint-Denis qui entretenait son esprit dans cette langueur, en lui montrant sans cesse l'endroit où il devait être enterré. Il se décida à quitter Saint-Germain pour toujours et fit bâtir le merveilleux palais de Versailles.

Le Nôtre fut aussi désigné par le roi pour créer

les jardins de ce lieu enchanteur ; et il réussit si bien dans cette œuvre, qu'encore aujourd'hui ces jardins sont regardés comme les premiers du monde.

Ce fut également par ordre de Louis XIV que Le Nôtre refit le jardin du palais des Tuileries, ceux de Chantilly, de Saint-Cloud, de Meudon, de Sceaux et de Fontainebleau.

Cet homme, aussi heureux qu'habile, mourut en 1700 au faîte de la richesse et des honneurs, car non-seulement le roi le combla de biens, mais encore, pour récompenser son mérite, il lui avait accordé des titres de noblesse.

LES ADIEUX DU MAJOR

Un dimanche matin, que, suivant leur coutume, les jeunes ouvriers de *** arrivaient tout joyeux chez le major, pour y faire et la lecture et la partie de boules, qui formaient leur récréation de ce jour, ils furent consternés en trouvant leur ami pâle, malade, triste, enfin portant sur lui l'empreinte terrible que gravent le chagrin et le malheur.

— Je vais vous quitter, mes enfants, leur dit celui-ci d'une voix émue ; demain je pars de ce pays où je vivais tranquille et heureux près de vous. Dieu seul peut savoir si mon absence sera momentanée ou si elle sera éternelle ; aussi j'ai voulu réserver encore ce jour pour vous faire mes adieux ; et comme un père tendre à son dernier moment adresse des conseils sages à ses enfants aimés, je veux vous laisser pour souvenir quelques avis dictés par ma vieille expérience, afin que lorsque vous penserez à moi, ils vous reviennent à la mémoire et vous aident alors à traverser les dangers qui vous attendent dans la vie.

Vous avez dû voir, mes amis, grâce aux lectures que nous avons faites depuis trois mois ensemble, que, pour arriver à quelque chose de bien, il faut d'abord le vouloir fermement, — et qu'est-ce que c'est que vouloir ? — est-ce de dire seulement avec entêtement, — je le veux ! — puis attendre les bras croisés que la chose se fasse ?

Non, mes enfants, savoir vouloir, dans la véritable acception du mot, c'est baser sa volonté sur trois choses indispensables au succès : « le courage au travail, — la résignation à supporter les échecs, — et la persévérance qui en fait triompher, » trois choses qui, appuyées sur la confiance sincère en Dieu, font arriver certainement au but que l'on s'est proposé d'atteindre ; car sachez bien que le bon Dieu soutient ceux qui ne s'abandonnent pas, et envoie des forces à ceux qui les lui demandent.

Avec cette aide puissante donc, on peut vouloir à coup sûr, et vous voudrez tous, n'est-ce pas, devenir de braves gens, afin non-seulement d'être heureux, mais encore de rendre heureux tous ceux qui vous entourent ?...

Les jeunes ouvriers attendris promirent tous à leur vieil ami de suivre respectueusement ses conseils, et de lui conserver un doux souvenir dans leurs cœurs, si le malheur voulait qu'il ne pût pas revenir au milieu d'eux. Alors celui-ci, sortant un papier de sa poche et le développant pour le lire, leur dit encore, tout en essuyant ses yeux humides de larmes :

— Je ne doute pas, mes enfants, de votre bonne intention en ce moment; mais comme on assure que les paroles s'envolent, et que les écrits seuls restent, j'ai voulu mettre en écrit les maximes et les pensées qui peuvent vous servir de conseillers dans toutes les actions de votre vie. Gardez donc cela en mémoire de moi, et regardez-le comme la règle de votre existence. Vous aurez chacun un de ces papiers, car j'en ai copié un nombre égal à celui que vous êtes; et quand vous y jetterez les yeux, dites-vous que celui qui vous a laissé ce souvenir de lui priera Dieu tous les jours pour qu'il le grave en votre âme. Écoutez-moi donc attentivement, et, après m'avoir entendu, vous me direz, si je peux assez compter sur votre affection pour croire que vous en ferez, comme preuve, lecture de ce papier chaque dimanche matin, jour que vous aviez consacré à votre vieil ami.

Et après avoir parlé ainsi, le major, profitant de

l'émotion causée par ses adieux, commença d'une voix haute et ferme la lecture de ce qui suit :

PENSÉES, MAXIMES ET PRÉCEPTES

« Soignez au moins votre jugement si vous ne voulez pas cultiver votre intelligence, car une terre négligée produit bientôt de mauvaises herbes. »

« Il n'y a que les grands cœurs qui sachent véritablement être bons. »

« La méchanceté est injuste, mais l'ignorance l'est davantage. »

« Si l'oisiveté est la mère de tous les vices, le travail est le gardien de toutes les vertus. »

« Il n'y a pas de repos plus doux que celui qui s'achète par le travail. »

« La propreté est à l'égard du corps ce que la décence est dans les mœurs ; elle sert à témoigner le respect que l'on a des autres et de soi-même. »

« La plupart de nos peines n'arrivent si vite que parce que nous faisons la moitié du chemin. »

« C'est doubler ses fautes que de ne pas en avoir de la honte. »

« On ne doit jamais rougir d'avouer ses torts, car, en faisant cet aveu, on prouve qu'on est plus sage aujourd'hui qu'on ne l'était hier. »

« Les paresseux ont toujours envie de changer de travail. »

« Ne vous efforcez d'obtenir que par le travail ce qui doit être le résultat du travail. »

« Vous avez en vous quelque chose de semblable à Dieu; agissez donc toujours en vertu de cette ressemblance. »

« L'âme s'élève et s'éclaire en pensant à Dieu. »

« Il y a plus de mérite dans la vertu que dans le génie, car le génie nous est généreusement donné par Dieu, tandis que la vertu n'est acquise que par un triomphe constant remporté sur soi-même. »

« Respectez les vieillards et sachez les écouter avec patience, car de leurs lèvres tombent les fruits mûrs de l'expérience, fruits qui sont bien amers, quand il faut les cueillir soi-même sur l'arbre de la vie. »

« Celui qui vole est moins coupable que celui qui ment, car l'un ne vous prend que votre argent, tandis que l'autre vous dérobe votre confiance. »

« Un mensonge tache votre âme comme la fange tache votre habit. »

Quand vous voulez arriver au but, ce n'est pas tout que d'entrer dans le chemin qui y conduit; mais il faut encore y marcher d'un pas droit et ferme. »

« L'honnête homme ne doit connaître qu'une ligne dans la vie, celle de l'honneur, car tous les autres chemins sont dangereux, puisqu'ils doivent conduire au mépris et à la honte. »

« Le temps est la monnaie de la vie. »

« La présomption est presque toujours une preuve d'incapacité ; voyez, dans un champ de blé mûr, ce sont les épis vides qui seuls lèvent la tête. »

« La parole est d'argent et le silence est d'or, disent les Arabes, ce qui équivaut à cette pensée d'un sage, que Dieu nous a donné deux oreilles et une seule langue comme preuve que nous devons toujours plus écouter que parler. »

« Ne méprisez pas la condition dans laquelle vous êtes né, et si vous cherchez à en sortir, que ce soit seulement à l'aide de votre travail, de vos talents et de votre mérite. »

— Maintenant, interrompit le major, à la suite de tout ces préceptes, que j'ai pris un peu partout, chez moi et chez les autres, j'ai voulu vous donner aussi ceux que le grand Washington, celui qu'on a appelé le père de la liberté américaine, a laissés à son fils, en lui disant qu'ils avaient exercé une grande influence sur sa vie ; — ces préceptes les voici :

« Ne discutez jamais avec vos supérieurs et exprimez toujours votre pensée avec modestie. »

« Ne parlez pas hors de propos ; ne dormez pas quand les autres parlent ; ne restez pas assis quand les autres sont debout, ne marchez pas quand les autres s'arrêtent. »

« Quand vous êtes en société, ne faites rien qui implique un manque de respect envers les assistants. »

« Soyez bref et clair quand vous parlez à des gens occupés. »

« Soyez toujours simple dans vos vêtements, et cherchez qu'ils soient commodes sans vous préoccuper qu'ils soient fastueux. »

« Ne soyez pas comme un paon, qui toujours est occupé à regarder si ses plumes sont lisses et brillantes. »

« Ne fréquentez que les personnes estimables : il vaut mieux être seul qu'en mauvaise compagnie. »

« Éloignez de vos discours la méchanceté et l'envie, car ce ne sont que les mauvaises mouches qui cherchent les plaies. »

« Ne proférez point de paroles injurieuses, soit sérieusement, soit même pour plaisanter, et soyez indulgent pour tout le monde, car vous avez besoin que tout le monde le soit pour vous. »

« Montrez-vous toujours bienveillant et poli, mais jamais hardi ni familier. Soyez empressé à saluer, à écouter, à répondre, et n'ayez pas l'air de rêver quand on cause autour de vous. »

« Lorsque deux personnes se disputent, ne prenez pas, sans nécessité, le parti de l'une contre l'autre. Ne soyez pas obstiné dans vos opinions, et, pour les choses indifférentes, soyez de l'avis du plus grand nombre. »

« Ne vous empressez pas de raconter des nouvelles dont vous ignorez l'exactitude. Mais quand vous racontez ce que vous avez entendu, ne nommez pas ceux qui l'ont dit. — Sachez garder un secret, le vôtre et celui des autres. »

« Ne cherchez pas à connaître les affaires d'autrui, et ne vous approchez jamais des personnes qui causent en particulier. »

« N'entreprenez pas ce que vous ne pouvez pas accomplir, mais tenez scrupuleusement votre promesse, soit envers les autres, soit envers vous-même. »

« Ne dites pas de mal des absents !

« Quand vous parlez de Dieu ou de ses ministres, faites-le avec gravité et respect. Obéissez à vos parents et honorez-les, quelle que soit leur position. »

« Faites-vous des récréations raisonnables, non coupables. Enfin travaillez à garder vivante dans votre sein cette petite étincelle du feu divin qu'on appelle la conscience. »

— Après ces sages paroles de l'illustre Washington, il faut tirer l'échelle, n'est-ce pas, mes enfants? dit le major en pliant le papier qu'il venait de lire, pour le faire rejoindre ceux destinés à être distribués; puis, ayant reçu la promesse formelle que ses conseils seraient suivis, et son souvenir conservé toujours, il fit ses adieux à ses jeunes amis en les serrant tous les uns après les autres sur son cœur comme s'il voulait y graver à jamais leur image.

FIN

PARIS. — IMP ÉD. BLOT, RUE SAINT LOUIS, 46, AU MARAIS.

ON TROUVE A LA MÊME LIBRAIRIE :

PARIS. — IMPRIMERIE EDOUARD BLOT. RUE SAINT-LOUIS, 45

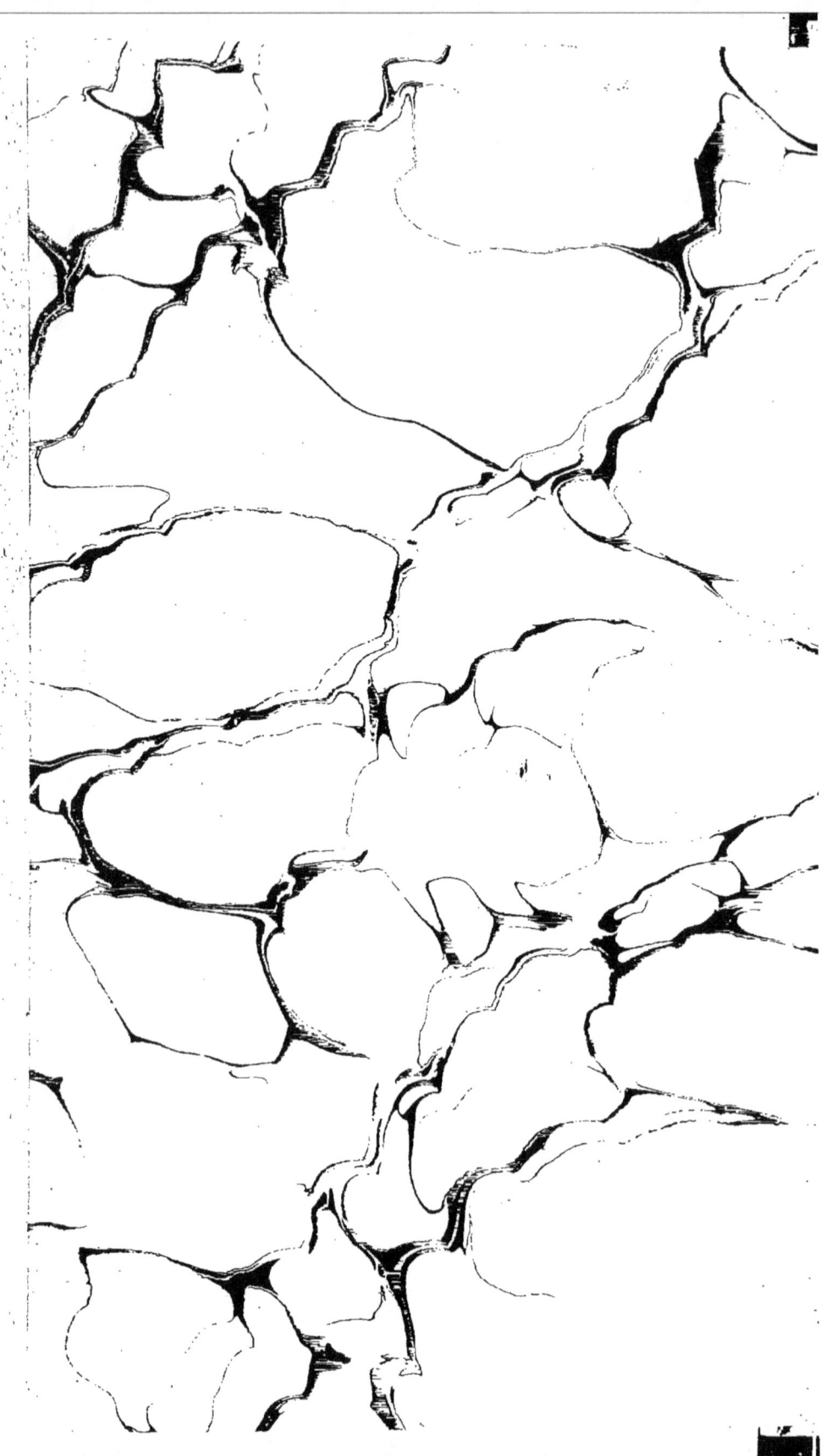

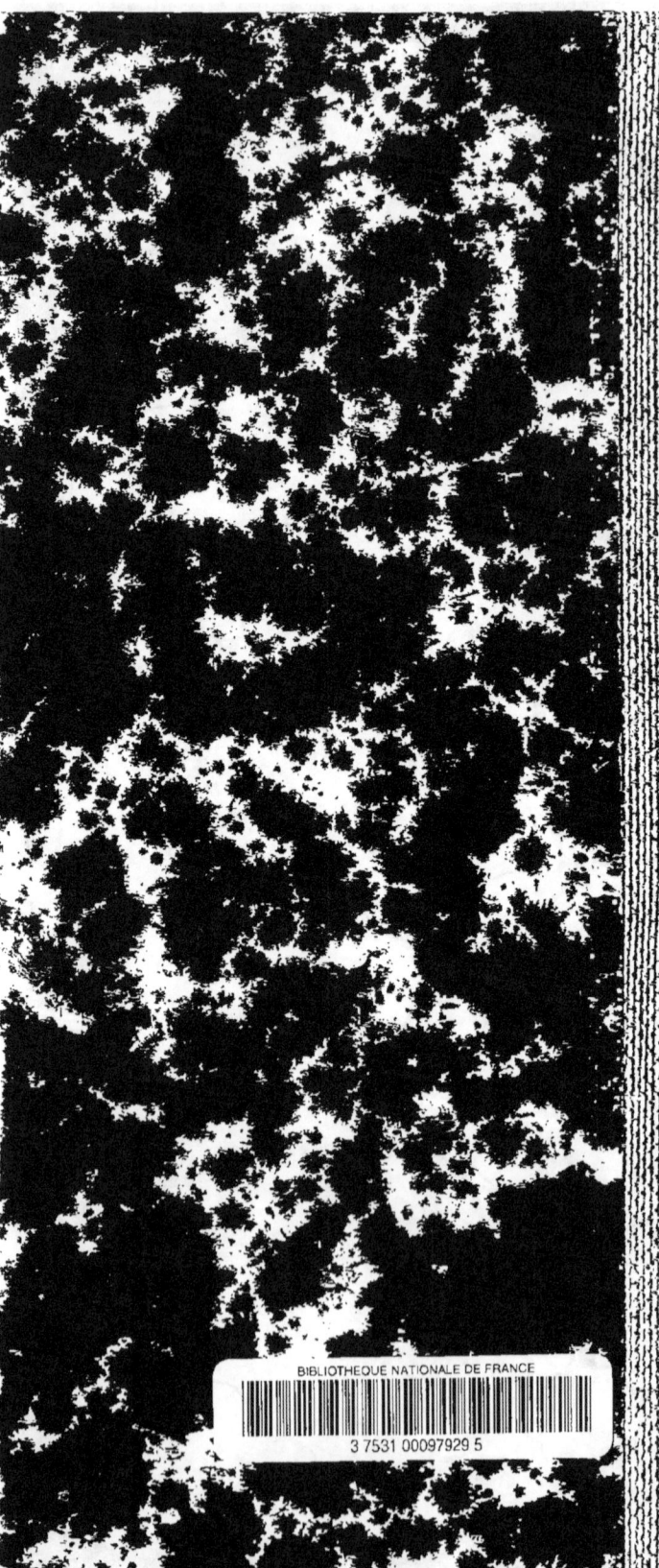